# 隣人の愛を知れ

尾 形 真 理 子

幻冬舎文庫

# 隣人の愛を知れ

もくじ

イラスト　丸山もゝ子
(HAKUHODO CREATIVE VOX)

# 序章　冬至あたり

恋してないと弱くなる。
恋ばかりだと脆くなる。

# 12月22日(木)

## ひかり

吸い込まれるような青だ。

すっかり葉を落とした樹木が、空を広く見せてくれる。冬の東京の空は、夏の沖縄の海にも負けていない青。福吉《ふくよし》ひかりはボアのブーツを引きずるようにして、赤坂御所の脇の鮫河《さめが》橋《はし》坂を上がっていく。

この坂を上り切った地点が、空か海であればどれほど良いだろう。

ひかりが吸い込まれそうなのは、青い空でも海でもなく、コンクリートだ。

気を抜いた瞬間に、後頭部から倒れてしまいそうな有様だった。人間は、頭がいちばん重い。そんなことを自分のからだで実証する羽目になるとは。

　朝まで待っても、夫の直人は帰宅しなかった。4ヶ月ぐらい前から、そういうことが度々ある。結婚3年目になって、まさかの事態だ。不動産会社の営業が直人の仕事で、土日に出勤することも増え、行き先を告げない不審な出張もある。

「終電に間に合わなくて事務所で寝た」

　近頃はそんな言い訳もなくなって、昨夜も堂々とした無断外泊だった。無邪気なルール違反に日々が蝕まれていく。

　この澄み切った青だけが、いま、自分の心に触れる美しいものであるような気がする。着膨れているのに、からだはちっとも温まらない。今日は風もないのに、空気を裂くような雑音が耳の奥で鳴り響く。ひかりは白い息を吐いて、空を仰いだ。

「危ないっ！　ストップ！」

　女性の大声が聞こえたときには、ひかりの目の前にぐわんと空が広がっていた。東京の真ん中でも道路に寝転がれば、こんなに空が見えるのか。

「大丈夫ですか？」

　坂道を下りてくる幼児用の自転車がぶつかったのだ。小さな子どもの泣き声が聞こえ、母親であろう女性が、ひかりの顔を覗き込んでいた。大した衝撃はなかったが、尻もちをついて、そのままひっくり返ってしまったのだ。

思ったそばから、まさかコンクリートに吸い込まれるとは。起き上がろうとしても、からだがすぐには動かない。

「……大丈夫ですよ」

ひかりは空を見たまま答える。雲ひとつない日本晴れ。

あーもう、すべてがめんどうくさい。

ここが天国のビーチだったらいいのに。わたしが寝転んでいるのは、太陽に温められた白い砂浜。足もとにやさしく寄せる波。あそこの名前はなんだっけ？

宮古の下地島《しもじしま》の北端。小さな飛行場の横に、潮が引くと白いビーチがあらわれる。たしか変な名前だった。世界の終わりみたいな……。あぁ、ワンセブン。

そうだ。17ENDビーチ。

「救急車呼びましょうか？」

気がつけば、母親の横に警官の顔もある。坂の途中の派出所から、騒ぎの様子に駆けつけたのだろう。ひかりはからだの重心をゆっくりと戻して、どうにか立ち上がることができた。

「大丈夫です。ほら、どこも怪我していませんから」

不安げな母親の後ろに隠れて、子どもがべそをかいている。

その顔に表れているのは怯えだった。自転車がぶつかってびっくりしたから。ママに怒られたから。子どものそういう表情ではない。

「ボクは大丈夫？　自転車、ピカピカでカッコいいね」

ひかりが安心させようとしても、まるでオバケでも見るような目で怯えている。

「連絡先とか、要らないです」

繰り返し謝る母親の声も、警官の声も、ひかりは振り払うようにして、坂道の先を睨みつけた。

この先に、17ENDビーチはない。天国もない。

息を大きく吐いて歩き出すと、肺いっぱいに入れ替わった冷たい空気で、ひかりは胸が痛くなった。

今夜はゆず湯にしよう。

冬至が一年でいちばん早く日が暮れる。子どもの頃にそう教えられた記憶があった。だけど実際は11月末から12月頭の方が、太陽は早い時間に沈んでしまうのだ。地動説のように絶対だと信じてきたルールは、間違っていた。だとしたら、豆のようにちっぽけな自分の人生で、信じられるルールなんてあるだろうか。「ゆず湯」に入ったところで、きっと「融通のきく人生」になんてならない。

ダウンコートのポケットの中で、ひかりはかじかんだ手をギュッと握り締める。

「どうだっていいや」

冬至の今朝の太陽は7時には昇ったが、直人は帰ってこなかった。明るくなっても、夜が明けた気分にはならなかった。雪山でも耐えられる自慢のボアブーツを履いていても、つま先の感覚がない。それでも、心の凍てつきよりは幾分かマシだ。

毎日欠かさず、この坂を上っていく。

上り切らないと自分の幸せは戻ってこない。根拠のない願掛けを、それでもひかりはどこかで信じていた。

# 第一章　クリスマスあたり

わたしを含め、
すべての人に幸福を。

## 12月25日(日)

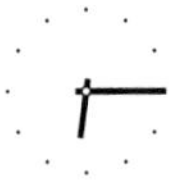

## 莉里

大根のお味噌汁は甘い。お砂糖を使うわけじゃないのに。

くちびるを尖らせてふうふうとやりながら、立花莉里《たちばなりり》はお椀にそっとくちびるをつけた。

ほうれん草のおひたしには鰹節をかける。

胡麻和えにする場合は、白胡麻でも黒胡麻でもいい。

家でも、小学校の給食でも、莉里が知らなかったことだ。

「商店街の八百屋さん、子ども食堂をやっているみたいだから、ママの帰りが遅い日は行ってみたら？」

優奈ちゃんのママに勧められて、莉里は毎晩のようにごはんをここに食べに来るようになった。お店の奥にある畳の部屋が食堂になっていて、おじちゃんとおばちゃんが作る晩ごはん目当てに、毎晩決まった顔が並んでいる。椅子じゃないのが最初は食べづらいと思ったが、すぐに慣れた。保育園児ぐらいで、ママと一緒に来ている子もいたし、4年生の莉里より年上の子もいた。兄弟3人で来ていたり、ひとりだったり、みんなバラバラだ。そういえば6年生のお姉ちゃんは、最近あんまり顔を見てない。

「莉里ちゃんは、昨日はなに食べた？」

子ども食堂のおばちゃんが、莉里のお皿におかわりのほうれん草をボウルから取り分けるついでに、隣の座布団に腰をおろした。

「サラダチキンとチキンナゲットだよ。ママがクリスマスはチキンでしょ、って」

おばちゃんはちょっと申し訳なさそうに、

「じゃあチキンの照り焼きじゃ、今晩もまたチキンになっちゃったね」

と、莉里のまだ半分残っているお皿を見た。

「全然平気だよ。おいしいし」

子ども食堂に来てから、莉里は初めての食材にたくさん出会った。食感が苦手じゃなければ、どんな野菜もお魚もへっちゃらだった。ほうれん草のクタッとしたバター炒めを残してしまってから、おばちゃんは莉里の分だけさっと湯がいて氷水にさらし、おひたしや胡麻よごしにしてくれるようになったのだ。

「このほうれん草の隣の、なあに?」

知らない食材があると、莉里は必ず質問をする。

「カリフラワーっていう野菜だよ。莉里ちゃんの好きなブロッコリーの白いのみたいだよね」

「へー。でもなんか、食感ってゆーか、歯触りは違うよね」

莉里は、チキンの照り焼きの残ったソースをちょんとつけてから、カリフラワーを口へ運んだ。

「莉里ちゃん、難しい言葉を知ってるのね」

莉里はちょっと照れくさそうにして、ピンクのリュックからノートを取り出す。シャーペンで「カリフラワー」と書いて、イラストも添えた。白いブロッコリーみたいだけど、食感は違う。味はあんまりない。子ども食堂で食べたものを、日記をつけるみたいに書き溜めていく。春菊、八つ頭、太刀魚、カブ、合いびき肉……。

食堂で宿題をする子もいるけど、莉里はしない派だった。ママの帰りは22時を過ぎることが多いし、彼氏が遊びに来ている夜は、ほとんど部屋から出てこない。

　夜の家は、莉里の王国なのだ。

　ごちそうさまを言って帰ろうとしたとき、おばちゃんからビニールの傘を渡された。

「なんで？」

　莉里が訝《いぶか》しがると、

「今夜は降るって、天気予報でいってたから」

　夏よりも幾分くたびれてきたクロックスでは、たしかに靴下が濡れると思った。おばちゃんに手を振ると、莉里の手をぎゅっと摑んで、いつものようにぶんぶんと一緒に振る。さようならの儀式。

「ごちそうさまでした。明日もまた来ます」

　今日のおばちゃんのさよならは、なんだか元気がなかった。

　莉里が振り返ると、おばちゃんはぼんやりと莉里を見送っていた。

# 12月25日(日)

## 知歌

「移動中だから、ごめん」

スマホで短いメッセージを送る。

水戸《みと》知歌《ちか》は、青山一丁目駅で半蔵門線を待っていた。休日でありながら、気になる書類を確認したくて事務所に寄った。思いのほか時間がかかってしまったのは、先週に夜の予定を入れ過ぎたせいだった。

ここ連日続く母からの着信が気になっていなかったわけじゃない。

どうせ妹のことだろう。

知歌はしっかり者のお姉ちゃんと、幼い頃から母に頼られてきた。深夜に帰宅すると、夜が苦手な母親は寝ているのだから仕方ない。妹の瑣末《さまつ》な話をするために、わざわざ電話してこなくとも……と知歌は小さく息を吐く。

妹が結婚するまでは、母ひとり、娘ふたりの女３人で暮らしてきた。性格はバラバラだが、仲が良いといえば仲が良い。

だけど知歌は、義理の弟になった妹の旦那が苦手だった。

苦手というより嫌悪感があると言ってもいい。不動産関係で働いている彼は、誰とでも物怖じせず話すことができる。話し慣れているというべきか。事実よりも印象を操作する表面的な話し方をする。食い気味の相槌からは、彼が相手の話には１㎜も興味がないのは明らかだった。

なんで妹は気づかないのだろう？

知歌は不思議でならない。性善説しか知らない妹の手に負える男じゃないのだ。

あの男には、わたしたちに見せない顔がきっとある。貼り付けたような笑顔には、仄暗いなにかが蠢《うごめ》いている。６つ下の妹の幸せを願いながらも、異性の趣味というのは姉妹と言えど、簡単に口に出せるものでもない。歳の差もあるし、ましてや何に幸せを感じるかは人それぞれだと思うしかない。

妹が結婚してからというもの、姉妹ふたりで話す時間は明らかに減った。

半蔵門線がホームに到着すると、電車内は予想以上の混みようだった。大型のスーツケースと凶器のような紙袋を肩にかけた乗客に挟まれて、知歌は左手首を右手でそっと押さえる。繊細に揺れるブレスレット。小さなダイヤをつなぐ心もとない鎖を守らねば。次駅の永田町では、もっと多くの乗降があるだろう。

金額的にも、使い勝手でも、自分では、絶対に選べない真新しいジュエリーだった。ミサンガのように切れてしまったら、訪れるのは幸運ではなく絶望しかない。永田町をどうにかやり過ごし、大手町では一気に人が降りて、ようやく座ることができた。知歌はそっと、手首から手を離す。

「半蔵門線は昔、三越前で終わりだったんだよ」

そう教えてくれたのは父だ。

三越の屋上広場で、終わらない母の買い物を待っていたときだ。デパートの下で電車が終わるなんて、その先から来る人たちはどうやって帰るのだろうかと、子どもながらに勝手な心配をしていたことをぼんやりと思い出す。

不倫をして家族を捨てた父親。

それを決して許せなかった娘が、自ら不倫をしているなんて。皮肉なものだと知歌は苦笑する。地上の百貨店は今夜、クリスマスプレゼントを選ぶ恋人や、ホールケーキを買う家族で大いに賑わっているだろう。

清澄白河《きよすみしらかわ》の駅に着いたとき、19時を少し回っていた。もっと低いヒールで来るべきだったか。履き慣れない靴に痛みを感じながらも、商店街をひとり歩いていく。

いつも夕方から開いている居酒屋の前で、すっかり出来上がった若い男がふたり、並んで煙草を吸っている。知歌にちらりと目を向けて、気のない素振りですぐに会話に戻っていく。

この香りはＣＡＭＥＬじゃない。

煙をかき分けるようにして、知歌は思い直した。ラメの入った黒いピンヒールを履いてきて、やっぱり良かったのだ。年内に会えるのは、きっと今夜が最後だろうから。

商店街の喧騒を背に、知歌は歩みを速めた。

エントランスに続くライトアップされた回廊が、息を呑むほど美しいと思う。江東区でありながら、行ったこともないどこぞの外国にでもいる気分になる。

東京都現代美術館。

夜間公開は期間限定で、クリスマスの今夜が最終日らしい。

お財布の中から、もらった招待券をそっと出すと、知歌はなんだか自分も芸術家の関係者であるような、誇らしい気持ちになった。

『I witness me. わたしがわたしを目撃する』

世界中からセルフポートレートや自画像だけが集められたこの企画展は、全部をじっくり観ると軽く1時間はかかってしまう。タイトルの意味が、知歌にはいまいちよくわからない。けれど「ぽいなぁ」とは思う。現代アートは意味深でなければ、それっぽくないのだ。

期間中、足を運んだのは、もう4回目だった。

「お友だちでも誘ってどうぞ」

渡された4枚の招待券。誘う人もいなかったが、知歌は1枚も無駄にはしなかった。つま先の痛みもあって、知歌は入り口から流すように展示に視線を送りながら、目当ての映像作品へと直行する。分厚いカーテンの中に入ると、薄暗い空間になっていて、椅子がランダムに置かれている。今夜はめずらしく誰も座っていなかった。

白壁に投影された映像には、芝生に寝転んだひとりの少年が、じんわりじんわりと歳を取っていく。中年となったところでまた少年に戻るが、そのループの境目が何度観てもわからない。

地味な作品ではあるが、知歌がずっと観ていられるのは愛してしまった男だからか。

「熱心だね」

ＣＡＭＥＬの香りと共に、隣に腰をおろしたのは、まさにスクリーンに映っている男だった。

## 12月26日(月)　青子

「やだ。わたし、靴、忘れてきちゃった」
　後部座席のスライドドアが開いて、戸《こ》鳥《とり》青子《あおこ》は自分の足もとがスリッパのままであることに気がついた。
「明日も同じスタジオだから大丈夫ですよ」
　深夜も2時だというのに、マネージャーのさっちゃんは、疲れた顔も見せずに笑ってくれる。握っているハンドルが大きく見えるほど小柄な彼女は、青子の担当について2年目になる。免許を取ってまだ間もないのに、歴代のマネージャーの中で、誰よりも運転が上手かった。その安心感からか、青子は帰り道であっという間に寝落ちしてしまった。明日の台本を確認しておこうと思っていたのに。ふとしたところで疲れが現れるのは、歳を取った証拠だと苦笑いになる。

「青子さんお茶目っぷりヤバいですね。スリッパだったなんて、わたしも気づかなくてごめんなさい」

娘でもおかしくない年齢の女の子に、謝らせるのは情けない。

明日は撮影カットが2つだけなので、昼までかからずに終わるだろう。とはいえ明朝のさっちゃんのお迎えまで、あと5時間しかなかった。

「ありがとね。ちょっと過ぎちゃったけど、メリークリスマス」

青子は用意していた小さなプレゼントを渡して、黒光りするミニバンから降りた。


夫はもう寝ているだろうか。それともまだ帰宅していないだろうか。

スリッパのままエレベーターに乗り、最上階のボタンを押す。いきなり目に飛び込んできた白熱灯が、老眼がはじまりかけている青子には眩しかった。

映画監督と女優。青子が30歳のときに結婚して15年。

お互いクリスマスに仕事が入ることなんて、当たり前だった。帰宅が深夜になることも、朝まで飲んでくることも、泊まりで家をあけることもめずらしくない。

わたしたちふたりが求めたのは、自立した結婚生活だったのだから。

それでも最近、深夜に帰宅しても電気の点いていない部屋に、青子は淋しさを感じていた。それは夫も同じなのだろうか。ダイニングテーブルの上には、クリスマスプレゼントで夫に贈ったマフラーが、そのまま置きっぱなしになっている。タグも切られてはいない。

「ちょっと早いけど」

そう言って、青子が夫に渡したのはもう5日前だ。

来年からプレゼントは、飲み切ってしまえるワインにしよう。

人がいない部屋は、空気も床も冷え切って、すぐにはあたたまってはくれない。夫はきっとどこかでまだ飲んでいるのだ。スマホを確認してもメッセージは入っていなかった。

湯ぶねにお湯が落ちるのを待つ間に、ウイスキーでも1杯飲もうかと頭をよぎる。ガラス窓をつたう雨粒を見ながら、これは1杯で終われそうにないと青子は思う。

ウイスキーグラスを棚に戻して、台本を片手に風呂場へと向かった。

## 12月26日(月)

## ヨウ

アイロンのプラグを抜こうとしゃがんだら、椅子の下にグレーのアーモンドトゥのフラットシューズをみつけた。「こんな靴、衣装で用意したっけ？」と一瞬考えたが、スタイリストの瀬《せ》島《じま》ヨウは、それがすぐに女優の私物だと気がついた。

「まさか裸足で帰っちゃったの？」

連絡しようかとスマホを手にして、メッセージを打つ指を止める。どうせ数時間後には、またこの楽屋に戻ってくるのだ。女優の束の間の安らぎを、邪魔したくはない。

「ひとまわり違う友だちがいると、人生は最後まで楽しいよ。ヨウちゃんとわたしはちょうどだよね」

モデル出身の戸鳥青子とは、もう20年来の付き合いになる。ファッションの好みも合うし、さっぱりとした性格で馬が合った。ヨウにとっても、親友といえる大切な存在だ。

青子は主役を張ることは滅多にないけれど、ここ数年オファーが途切れることがない。むしろ四十路を越えてからは、憧れの大人の女性として、若い子からも人気が高まっている。おかげでヨウは還暦も近いというのに、深夜まで彼女の現場に立つことが多かった。

女優業は続けるだけで、奇跡みたいなことだとヨウは知っている。カメラの前に立ち、人目を集めるのは、普通の神経でできることではない。プレッシャーからの不機嫌を武器にしてスタッフに当たり散らす女優。瞬間的な人気に勘違いする女優。ヨウはそんな女優たちに、星の数ほどの服を着せて脱がせてきた。

青子はシャツやジャケットをスタイリストに着せてもらうとき、申し訳なさそうに腕を曲げる。着せる側の立ち位置に注意しながら、自分の腕が当たらないように袖を通す。

ヨウは片付け終えた道具箱の中から、再びブラシを取り出し、青子のシューズをブラッシングすることにした。上質な柔らかいスウェードには、職業病ともいえる外反母趾の跡がくっきりとついている。こんな足でピンヒールを履きこなし、笑いながら美しく歩くのだから大したものだ。

それはどんな靴よりも美しいものにヨウには思えた。

ついでに自分の履いているワークブーツも磨いちゃおうか。ヨウがそう思った瞬間、左胸の脇に痛みが走る。最近たまに起こる鈍痛だった。それは前触れもなくやってきて、しばらくすると嘘みたいに去っていく。いつものように鎮まるのをじっと待ちながら、いい加減、病院に行ってみようかと思う。明日の午後は撮休の予定だ。

乳腺外来か？　内科でいいのか？　ホルモンバランスが人とは違うため、まずはかかりつけのクリニックに行くのが無難だろうか。

とりあえずは、家に帰って一刻も早く寝よう。

人肌であたためられたベッドに潜り込むことを想像するだけで、ヨウは自分の人生は人並みに恵まれていると思えた。

# 12月26日(月)

## 美智子

新宿御苑にある小さなクリニックを出ると、雨はすっかり上がって、雲間からは太陽が覗いている。もう少し早く止んでくれたら、洗濯物をベランダに干してこられたのに。

クリスマスの翌日。水戸美智子《みちこ》は、通りを見回して、人の流れの多い方が地下鉄の駅だろうと歩きはじめる。まだ朝の通勤ラッシュの時間帯でありながら、美智子は1日分の疲れを感じていた。老眼鏡を取り出し、スマホの地図を開くことすら億劫だ。

「なるべく早いうちに、娘さんを連れてこられることをお勧めします」

クリニックの先生の厳しい口調が、美智子の胸を締め付ける。丁寧な口調でありながらも冷静な医師としての見解は、母親としての不甲斐なさを感じさせるには十分だった。

娘の様子がおかしい。

気になりはじめたのは、先月の半ば頃だ。結婚してからも、毎週のように顔を見せていた下の娘が、自分からは一切連絡をしてこなくなった。電話ではいつも通りに明るく話すが、会うことを明らかに避けている。甘えん坊が抜けない次女の遅い母離れだとしても、さすがに1ヶ月以上も顔を合わせないことなどこれまでにない。

ふたりの娘を育てたこと。

それだけは、美智子が自分の人生で胸を張れることだった。

「妊娠でもしたんじゃないの？」

長女の楽観的な推測に「そうなの？」なんて、期待していたのが間違いだった。おめでたであったならば、母親に隠す理由がどこにあるだろう。

いま思えば、最後に会った娘は明らかに痩せていた。する必要のないダイエットをしているなら、すぐに止めさせなければ。インターネットで若い女性の疾患記事を読むたびに、母として不安で居ても立ってもいられなくなる。

昨日のお昼近く、美智子は信濃町の娘のマンションまでついに足を運んだのだ。

引っ越しの時以来、娘の部屋を訪れなかったのは、娘婿との生活に気を遣ってきたところもある。それ以前に頻繁に実家に帰ってくるので、わざわざ出向く必要もなかったのだ。

「心配しないで」という娘の言葉に逆らって、美智子はスマホの地図を何度もピンチアウトしながら、どうにか見覚えのあるエントランスまで辿り着いた。望まれない訪問の口実にと、クリスマスのシュトーレンをオーブンで焼いてきた。シナモンを控えめにして、娘の好きなドライアプリコットをふんだんに混ぜ込んだものだ。

何度インターフォンを鳴らしても、応答がない。

娘は、幼稚園の先生をしていたが、妊活をすると言ってあっさり仕事を辞めた。年度はじめにクラスの担任になると、途中から産休には入りづらいという。

「担任が変わっちゃうと子どもたちが可哀想だから」

娘はそう説明していたが、

「ナオくんの仕事も不規則だし、休日出勤も当たり前だし、できるだけ一緒にいられる時間を増やしたくて」

とも、付け加えた。そっちが本音だなと、美智子は微笑んだ。

日曜日だから、旦那と一緒に買い物にでも出かけているのだろうか。

美智子が娘婿のナオくんと対面したのは、いわゆる親への挨拶ではない。当時、流行っていたらしい「フラッシュモブ」なるサプライズ企画で、娘さんにプロポーズをしたいからと、共犯となる娘の旧友に連れられて、家までやってきたのだった。

「お義母さんにもぜひ参加していただきたいんです」

プロポーズが成功する前から、「お義母さん」と言い切るのが可笑しくて、ついつい〇Kしてしまった。明るく気のまわる彼に、娘が惹かれるのもわかるわと、ダンスの振り付けを一生懸命覚えたっけ。あの思い出のプロポーズ動画は、今もYouTubeに残っているだろう。美智子は胸騒ぎを無理矢理にでも押さえつけようとして、楽しかった出来事ばかりを思い出すよう努めた。

マンションのエントランスに座って娘の帰りを待つと、硬いソファにお尻が痛くなってきた。シュトーレンの入った紙袋を膝の上に置いて、もぞもぞと重心を変えてみる。娘婿とデートにでも出かけたのなら、夜まで帰らない可能性だってある。今日はクリスマスなのだ。むしろ夫婦の楽しいデートであれば、美智子の心配は考えすぎとなるだろう。

それでも、急に痩せた娘を思うと、なにか良からぬことがあったのではないかという不安がどうしても頭をよぎる。

娘は、妊活がうまくいかずに悩んでいるのか。流産した可能性だってなくはないのかもしれない。何度メッセージを入れても既読にならないまま1時間が過ぎ、お尻も限界になって出直そうかと思いはじめたときだった。

マンションに戻ってきた娘は、美智子の姿を睨みつけるようにして言った。

「なんで来たの？」

ダウンコートで着膨れているが、先月よりさらに痩せている。

「ナオくんがお母さんに連絡したの？　迎えに来いって言ったの？」

父親ゆずりで筋肉質の長女とは違い、次女は自分に似て、色白でぽっちゃりしている。「食べても太らないおねいちゃんが羨ましい」と口癖のように言いながらも、甘いものに目がないところが可愛らしかった。

それがいま、目の前にいる娘は、頬はげっそりと抉《えぐ》れるように痩《こ》けて、目ばかりがぎょろりと大きい。そして何よりゾンビのような顔色をしている。

「帰ってよ」

娘らしからぬキツい口調と、それ以上に我が娘の異様な姿に、美智子は瞬きができなかった。

## 12月26日(月)　ひかり

夫が帰らず、子どものいない主婦は、独り暮らしとなにが違うのだろう。

ひかりには有り余る時間だけがあった。毎朝、赤坂御所の脇の坂道を上って、四谷にあるお寺まで出向いている。だらだらと続く勾配に息は切れるし、先週は子どもに自転車をぶつけられて転倒までした。

「俺がハタチのとき事故でさ」

夫の直人から両親の話を聞いたのは、初めて会った夜のことだ。家族を失った天涯孤独な人なのだと、ひかりはしんみりと同情した。母と姉に囲まれてにぎやかな生活をしている自分には、とてもじゃないが耐えられない境遇だと思った。

直人に会った3年前の春、ひかりは学生時代からの女友だちと飲んでいた。給料日前だからと、リーダーシップのある由佳が、2時間飲み放題、食べ放題の串揚げ屋さんを選んでくれた。就職してからも定期的に集まるいつものメンバー。由佳は姉御肌で、もうひとりの麻子とひかりは、どちらかと言えば、後からついていくようなタイプだった。愚痴を言い合って、励まし合って、すぐに元気になる。マッチポンプみたいな女子会だ。

「ねー。ありえないでしょ?」

その夜のメインスピーカーはひかりだった。ひかりには1年前から付き合っている晃平という彼がいて、4月から福岡へと転勤が決まった。プロポーズもそろそろかと、期待していた矢先だった。3週間前のタイミングで突然内示が出たらしく、昨晩ひかりも聞いたばかりの話を、ふたりに一生懸命説明する。

「別にありえなくはないじゃん。メーカーなんだから転勤もあるでしょ。晃平くんが悪いわけじゃないし」

由佳の正論に、ひかりは心の中で思いっきり舌打ちをしたい気分だった。

「そうだよ、いいじゃん。遠距離だって」

麻子まで由佳の側に立つなんて悲しくなってくる。

「困るよ。遠恋なんて絶対にありえないから！」

金曜の夜から月曜の朝まで恋人と一緒に過ごす。それだけを楽しみに、ひかりはまた1週間を頑張れるのだ。

「とりあえず1年我慢して、来年からひかりも福岡に引っ越せばいいじゃん。そのタイミングで籍も入れてさ」

「それ、晃平にも言われた……結婚までは言ってなかったけど」

淋しい思いをさせないようにと、彼もあれこれとプランを考えてくれていたが、心はどん底だった。ひかりの職場が、年度内は退職も転職もしづらいことを理解してくれている。それ以上の問題は、彼の転勤が、本社への栄転だったことなのだ。

「そりゃ結婚はしたいけど、福岡が本社の会社だったなんて聞いてなかった。それって転勤じゃ済まなくて、定年までずっと九州の可能性もあるって話なんだよ？」

騙されたと言わんばかりに、ひかりはレモンサワーのおかわりを頼んだ。由佳も麻子も、グラスにまだ半分以上残っている。結婚が前提の女の人生なんて、化石みたいな価値観だと知っている。だけど結婚せずに生きていく将来は選択肢にない。

「ひかり、ちょっとペース飛ばし過ぎじゃない？」

由佳の忠告を無視して、ひかりはジョッキを一気に飲み干した。

「別に福岡だって、職場はいっぱいあるでしょ。ひかりが働ける幼稚園なら。ごはんもおいしくて、子育てもしやすいし、むしろ東京より住みやすいって聞くけどね」

「麻子、他人事《ひとごと》だからっておもしろがって言わないでよ」

「だってそれしかなくない？　まぁ離れちゃうのはうちらも淋しいけどさぁ。福岡ならLCCも飛んでるから安く行けるし。って、わたし1回も行ったことないけど」

麻子はすっかり、ひかりが福岡に行くものと決め込んでいる。由佳の言うとおり、いつもより速いペースで飲んでいるからか、あっという間にぐるぐると酔いが回ってきて、なんだか泣けてきた。

「遠恋は我慢できたとしてもさ……由佳も麻子も知ってるよね？　実家から遠くなる結婚はダメなんだって。お母さんをひとりになんてできないから」

両親は、ひかりが4歳の時から別居している。父親はずっと別の女と暮らしているのに、母は断固として離婚を許さなかった。

「ダメって言ってもさ……。ひかりにはお姉さんもいるわけだし」

麻子が困ったなという顔で、声のトーンを下げた。

「じゃあひかり、別れる、でいいわけ？　晃平くんみたいないいヤツ、なかなかいないと思うけど」

それはひかりにもわかっている。わかっているからこそ、転勤という不条理が納得できないのだ。だからといって、結婚のために晃平に転職してもらうこともできない。

「26にもなって、そんな子どもみたいなこと言ってる余裕ないじゃん。だったら晃平と別れて、他の相手を探すしかないね」

煮え切らないひかりが、由佳に追い討ちを喰らったとき、

「ここに、いまーーーす！」

と、隣のテーブルで飲んでいたグループのひとりが、ひかりのジョッキにガチンとグラスを当ててきた。

「俺たちいいヤツだし、とりあえず一緒に飲みません？　男女3・3でちょうど良くない？」

ただでさえテーブルの間が狭く、満席で賑わう店内だ。ひかりたちの会話は彼らにも丸聞こえだったのだろう。ノリは学生のように軽いが、スーツ姿からすると、みな社会人に見える。気軽に声をかけても、嫌がられる確率は低いはずだ。そのぐらい遊び慣れてそうなイケメンの部類が揃っている。ひかりは自分の酔っ払った泣き顔が猛烈に恥ずかしくなって、急いでトイレに立った。

女ばかりの家庭、さらには女子校で育ったせいか、職場まで女だらけだからか、男性に対して身構えてしまうところが、ひかりにはある。男友だちはいても、気を許せるのは彼氏になった人だけだ。

入念にメイクを直して席に戻った頃には、2つのテーブルを合体させ、由佳も麻子もすっかり盛り上がっていた。ひとり気後れするひかりに、

「家族思いのひかりちゃんは、ここだよ」

自分の隣の椅子をスッと引いたのは、さっきジョッキを当ててきた男で、ひかりが飲みかけだったレモンサワーをさりげなく引き受けている。かわりに烏龍茶を頼んでおいてくれたその人は、1年後には夫となる直人だった。

今朝、墓石に冷たい水をかけて、持参したスポンジで念入りに擦っていると、住職らしき人が声をかけてきた。そんなことははじめてだった。

「失礼ですが、どんなご縁で?」

ひかりは高齢の僧侶に一礼をする。

「夫の両親のお墓参りです」

ひかりの言葉に、顔に深い皺を刻んだ住職は、眉を少し上げげた。そりゃそうだろう。

毎日冷たい水でピカピカに墓石を磨く嫁なんて、いまどき殊勝な心掛けだとめずらしがるのも無理はない。

「結婚前に亡くなっているので、わたしはご両親にお会いできませんでしたが……」

この墓を最初に訪れたのは、直人と付き合って間もない頃だ。ひかりの大好きなアニメ映画の聖地巡礼にと須賀神社をおとずれた帰りだった。

「福吉なんて滅多にいない縁起良さそうな名前なのにさ、ふたりして早死にするなんて泣けるよな」

最愛の両親のお墓に、心やさしい男前が手を合わせている。彼を決して独りにはしないと、直人の隣でひかりはそっと誓った。

福吉勝徳　享年七十六歳　昭和六十三年九月三日
福吉鈴子　享年八十四歳　平成十六年一月三十日
住職は、墓石の後ろに立つ卒塔婆をズラして、しっかり刻字が読めるようにしてくれる。

福吉夫妻には、古希を迎えた娘さんがいらっしゃって、先日、永代供養の相談に来た。その方がそのときに、ここで手を合わせている見知らぬあなたを見て、不思議に思ったのだ、と。住職は、皺がさらに深くなったような表情を見せて話を終えた。

直人の両親が亡くなったのは、こんな年齢ではないはずだ。

この墓のふたりは同じ日に亡くなってもいないし、いくらなんでも昔すぎる。直人が生まれる前に義父は死んだことになる。祖父母の代からのお墓だったのだろうか。

「その娘さんに、息子さんはいないんですか？　息子じゃなくても甥っ子とか」

わけがわからず不審の目を向けると、老人のしっかりとした眼光に、逆にひかりの足がすくんだ。人違いならまだしも、墓違いなんて聞いたことがない。住職は、静かに首を振った。


ドラマチックなプロポーズをされた後も、結婚式の報告も、子宝を祈るときも、毎年の直人の誕生日にも。会ったこともない舅姑のお墓にお参りすることで、ひかりは不思議と心が落ち着いた。夫方の家族は増えずとも、直人の奥さんであることを実感できた。これまでも、そしてこの2ヶ月は1日も欠かさず、わたしは誰のお墓に手を合わせていたというのか。

ひかりにとっては、お参りではなく、もはや願掛けに近かった。直人の帰りをひたすら待つ長い夜。師走に入り、寒さが日に日にこたえたが、お墓参りを途切らせると心の何かまでも、プツリと途切れてしまうような気がしていたのだ。

ひかりは全身から力が抜けて、地面にしゃがみ込んだ。

頭がうまく回らない。住職と話を続ける言葉もみつからない。

直人に電話をかけて今すぐにでも聞きたいのに、なんて聞いたら良いのかもわからない。そんなことを聞いたら、直人はまた不機嫌になるのだろう。

それだけははっきりとわかるのに。

「もしお嬢さん？　大丈夫ですか？」

住職の声が、やたらと遠くに聞こえる。

わたしの夫は、わたしが知っている男性なのだろうか。

スウェットの上から両脚を抱えると、自分のものとは思えないほど細い。ひかりはよろよろと立ち上がりお墓を後にする。

とりあえず家に帰ろう。

帰り道の長い下り坂が、ひかりの重い足には上り坂のように感じられた。

## 12月26日（月）

## 知歌

知歌はスマホに手を伸ばし、目を凝らしてデジタル表示を確認する。
良かった。ちゃんと起きられた。
あと10分もすれば、設定していたアラームが鳴るはずだ。ベッドに入って4時間も経っていない。それでも知歌のからだも頭も、これ以上の睡眠を求めていなかった。明け方まで降っていた雨はとっくに止んだのだろう。すっかり高くなった太陽の眩しさを、知歌はくすぐったく受け止めていた。
昨夜は、美術館を出るとすぐにタクシーを拾った。向かった先は外苑前にある会員制の高級ホテルだ。関戸《せきど》の言葉を、脳内で何度となく反芻してみる。

「まさたか、でいいから」

「きれいだ」

「もっとキスしよう」

からだを交わしたのは、昨夜で7度目だった。ホテルに行ったのは8度目だが、最初の夜は知歌の決心がつかなかった。

理性のある女だと、思われたかったから。

いい歳をして、ホテルの部屋までついて来たくせにと、知歌は思い出すだけで恥ずかしくなる。関戸は「ごめん、ごめん」という感じで、それ以上は求めてこなかった。

不倫をすること自体は、知歌に抵抗はない。母のように不倫される妻よりも、父が選んだ愛人の方がいいに決まっている。惨めな思いをするのは、決まって妻なのだ。2回目に会ったときには、知歌に踏み止まる理性など、もうどこにも残ってはいなかった。

映画好きならば「関戸正高」を知らない人はいない。

たとえ彼の名前は知らなくても、『濁流に泳ぐ人』の監督といえば、日本人なら誰もが知っている。いや、外国人でも知っているかもしれない。カンヌだか、モントリオールだか、海外の映画祭でたしか賞も獲っているはずだ。

『濁流に泳ぐ人』が公開されたのは、知歌がちょうど二十歳《はたち》のときだった。冤罪《えんざい》で収監された父親を助けるために、弁護士を目指す女性の話だ。なんとなく法学部に入った知歌が、司法の道にチャレンジしようとしたのも、この作品の影響が大きかったのだ。世の中の偏見や好奇に曝されても、気高く生きる主人公。そんな信念を持った強い女性に自分もなりたいと思った。15年も前の衝撃を、知歌は昨日のことのように覚えている。

暖かなベッドの中でいったりきたりと何度も寝返りを打つ。

昨夜の滑らかなホテルのシーツのひんやりとした感触を思い出してみる。いや、思い出しているのは、関戸の肉厚な手の平と、指先まで熱い大人の男の体温だった。煙草の匂いのする荒い息遣いと、くぐもった声。さっきまで一緒だったのに、すでにもう抱かれたい。アラサーとアラフォーのあわいに立つまで、知歌はこんな気持ちになったことは一度としてなかった。

突如鳴り出したスマホのアラーム音に、知歌の心臓が止まりそうになる。妻のいる男性を愛《いと》しむやましさが、心のどこかにあるからなのか。漫画みたいに反射的に飛び起きた瞬間、下腹部からジワッと液体が流れ出た感触があった。

恋とはこんなにも厄介で、恋するからだはこんなにも素直なのだ。

「離したくなる」と、関戸は何度も言ってくれた。

ショーツに触れてみると、指先には、うっすらと血がついている。

予定より5日も早い。生理不順になったことのない知歌は、サニタリーショーツを手に、急いでトイレへ向かった。恋という純粋な響きが似合わない歳になっても、男女の世界は驚きに満ちている。


すっかり身支度をしてから、知歌はリビングのドアの前で一息つく。

「昨夜はどうしたのか」と、さすがに母は聞くだろう。

関戸と付き合うまで、毎晩遅くとも終電までには帰っていた。そしてそのほとんどは、残業だったのだ。結婚前から頻繁に外泊をしていた妹とは違い、あらかじめ午前半休を取ってまで用意周到に夜遊びするなど、以前の知歌には考えられないことだった。

下手な言い訳も思いつかないままドアを開くと、母の姿はなかった。

ダイニングテーブルの上には、ひとり分の朝食の用意がある。照りのある朱色は焼き鮭。クレソンのおひたし。ひじきと分葱《わけぎ》が入った卵焼き。きっと台所には、お味噌汁とごはんがある。

わたしには絶対にできないと、知歌は思う。

この家に父がいた頃も、父が家族を捨てて出ていったあとも、母は変わらずに手間隙かけて家族のごはんを作り続けている。

父親の分を減らすことに慣れるまで、どのぐらいの時間がかかったのだろうか。

浮気される妻になるくらいなら、愛人の方がいい。

知歌はほうれん草のお味噌汁を温め、炊飯ジャーから温かいごはんをよそって、昨日、母からの電話をかけ直さなかったことに、急に後ろめたい気持ちになる。

「いただきます」

両手を合わせて、朝昼兼用となるごはんを食べようとしたとき、スマホにメッセージが入った。関戸だったらと慌てて箸を置くと、母親からだった。

〈昨夜も遅かったみたいですね。寝不足でしょうが大丈夫ですか？　知歌ちゃんは今夜も遅いですか？〉

手紙でもあるまいし、還暦前の母の世代なら、もう少しメールに慣れてもいいはずだ。母のぎこちない他人行儀なメッセージに思わず苦笑がこぼれる。

明日は事務所の忘年会だが、今夜は定時で終わるだろう。そして関戸とも、会う約束はない。それなのに、母へのメッセージには、〈たぶん〉をつけて〈早く帰れると思う〉と返していた。

## 12月26日(月)

## 莉里

今日は終業式だった。

午前中の1時間で終わって、授業はなし。だったら、先週の金曜日でおしまいにしちゃえば良かったのにと、莉里は心底思う。

そういうの、なんて言うんだっけ。

確か文房具みたいなやつで……杓子《しゃくし》定規だ。その反対は臨機応変。四文字熟語が好きだと言ったら、子ども食堂のおばちゃんが教えてくれた。

金曜日に2学期が終わってくれていたら、クリスマスプレゼントが何だったとか、ママとケーキを焼いたとか、サンタの正体はパパだったとか、そんな話ばっかり聞かないで済んだのに。

「莉里ちゃん家《ち》は、美人サンタだね」

優奈ちゃんは言ってくれたけど、莉里はそんなに嬉しくなかった。優奈ちゃんのママも会うたびに「莉里ちゃんママはまだ20代だなんて、若くていいわね」と言うけど、ちっともいいと思ってないことは、莉里にはわかっていた。大人は、いろいろある。思っていることと反対のことを言ったりもする。莉里のママは、子どものくせに莉里を産んだって、おばあちゃんはよく言っていた。

「子どもが子どもなんて産むからよ」

ママがおばあちゃんを苦手な理由が、莉里にもわかる気がした。

莉里は学校から帰るとすぐにランドセルを下ろして、教科書を机の前の棚に並べる。背の低いのから、高い順番で。教科はぐちゃぐちゃになるが、それは特に気にならない。大きさだけは、揃えて並べないと気持ち悪い。成績表はどうしようかと、とりあえず机の上に置いたところで、

「莉里、入るよ」

ママがノックしながら、ドアを開けた。

「学校どうだった？」

ママは今日、仕事はお休みと言っていたが、いつも通りにお化粧をしている。

成績表を見せると「すご」と言って、莉里の頭をクシャクシャと撫でた。

ママの仕事は、銀座にあるジュエリーショップの店員さんだ。日本でいちばん高いダイヤモンドも売っている高級ブランドだという。それなのにママは、ジュエリーには興味がないみたいで、普段はなにもつけていない。

「莉里、パンケーキ食べに行こうよ」

莉里は、うんうんと勢い良くうなずいて賛成の意を表す。

「甘いの食べるなら、夜より昼のがいいし。デブりづらいから」

きっとママは、昨夜のクリスマスケーキが売り切れで買えなかったのを気にしているのだ。サンタクロースじゃなくても、ごはんを作るのが苦手でも、帰りの遅い夜が続いても、莉里には大した問題ではない。そのぐらいママのことが好きだった。莉里はセーターを脱いで、お気に入りのピンク色のモコモコパーカーに着替える。

「じゃあママも、お揃いのピンクにしちゃおっかな～」

ベビーピンクのハーフダウンをハンガーから外そうとして、

「でもこんなん着てくと、姉妹とかまた言われたらウザいわぁ」

ママはお揃いをやめて紺色のダッフルコートに変えてしまった。

パンケーキが人気の五反田駅の近くのカフェは、今日はめずらしく並ばずに入れた。それでもほぼ満席の店内は、「イブどうだった？」「プレゼントなんだった？」「大晦日どうする？」みたいな話で、盛り上がっている若い女性客ばかりだ。小学生は莉里しかいない。男の店員さんに窓際の席に通され、ママが「ラッキーだね」とメニューを受け取った。

莉里はいつものホイップクリームと苺がたっぷりのったパンケーキを注文する。大きなお皿を前にした莉里を、ママはいつも写真に撮ってくれるのだ。

そのときのママの顔は莉里よりも嬉しそうで、「かわいいよ」ってシャッターを切るママの顔こそ、写真に撮りたいと莉里はいつも思う。

「ママはいいの？」

メニューを開きもせず、ママはいつもレギュラーコーヒーしか頼まない。

「莉里が残すのをもらうからいいよ」

コーヒーにミルクを入れて、スプーンでゆっくりとかき回しながら言った。

苺をフォークでママに次々と渡して、苺のブツブツは実は種じゃないのだと莉里は説明する。小さなブツブツこそが苺の実であり、果肉だと思って食べる赤い部分は「偽果」と呼ばれる茎が肥大した部分なんだと、子ども食堂のおばちゃんから聞いたことをそのまま伝えた。

「マジか。ってか、苺は莉里が食べなよ」

莉里が「おしゃべり好き」なのは、おばあちゃんに似たのかもねとママは言う。ママはあまり喋らない。ママは朝に弱くて、夜はだいたい疲れている。顔はおばあちゃんよりもママに似ていて良かったと思う。莉里の背が高いのは、誰に似たのだろうか？

ママは婚約指輪を売る担当なのに、お店に来た男のお客さんから、食事やデートに誘われたりするらしい。保育園のときは、友だちのパパにストーキングされて問題になったこともある。

「独身男はめんどくさいと思ってたら、既婚もめんどいわ」

そんな話を、ママが誰かと電話で話しているのを聞いたことがあった。莉里はママが怒っているところを見たことがなかったし、ママが泣いているところも見たことがない。

「このあとさ、彼がうち来るけど、莉里はどうする？」

「恋人?」

「まぁ、そうかな」

その恋人は、イケメンだ。

ママに恋人が何人いるのかは知らないけど、家まで来る人は滅多にいない。来てもいつもふたりでママの部屋に入ったら出てこないから、莉里と顔を合わせることはほとんどなかった。なんとなく、扉を開けてはいけない気がしたし、莉里はイケメンには特に興味がない。

「わたし、図書館に行く」

悪いね、というように、ママは顔の前で片手を立てた。

区立図書館は20時まで。子ども食堂は18時から。

こんな大きなパンケーキを食べたら、夜ごはんが食べられるか、莉里はちょっと不安になった。

## 12月26日(月)

ヨウ

スタジオに組まれた巨大な研究室のセットは、あと数時間でバラされる。今回撮影している映画は、世界的なテロリストと闘うミステリーものだった。

ヨウがスタイリングを担当している青子は、原子物理学者の役だ。このあと、研究室が爆破されるという設定だが、そのシーンはほぼCGとなり、実際には大道具さんたちが、ひとつひとつ手作業で解体していくのだ。豪奢な表舞台の裏にある虚飾を作り上げる地道な作業。それはファッションでも映画でも同じだ。そして、女優という職業にも当てはまる。

「自由粒子V＝0の場合を考えると、シュレーディンガー方程式はデカルト座標系で……左辺は対応原理により運動エネルギーを表します」

難しい専門用語だらけの長台詞が、よくも滑らかに出てくるものだと、ヨウはいつも感心する。寝不足は、青子も同じなのだ。それなのにクマも作らず、浮腫《むく》みもない。

「いちから説明している時間はないんです。すでにウランの高圧下磁化測定装置の実験は終わっていますが、スピン三重項超電伝導の研究に取りかかるにはメンバーを集めなくてはいけません」

「はいカットします。OKです。つぎ、このまま切り返し撮ります」

監督など、ほとんど寝てないだろう。それ以上に家にも帰ってないのは、現場を支える製作部か。ヨウは、プロフェッショナルが集まる撮影の現場が好きだった。40年近いキャリアでも決して飽きることがない。

大の大人が夢中になって真剣に遊んでいる。それが仕事になっていく。好きじゃないと続かない。この独特の雰囲気は、他では味わえないものだと思ってきた。

このシーンを撮り終われば、明後日から大晦日まで、極寒の地でロケになる。体力が何よりの才能と言われる世界で、自分はいつまで仕事ができるか。ヨウの頭には最近そんなことばかりがよぎる。

「ヨウちゃん、さすがに顔が白いね」

今日の山場を乗り越えた女優からの気遣いを心苦しく思い、最後まで気を抜かずにがんばろうと、ヨウは左の薬指にそっと触れた。

昨夜の帰宅は3時近くで、ベッドルームに入っていくと、淳哉が寝ないで本を読んでいた。

「調べ物が終わらなくてさ」

眠そうな顔をしていたが、ヨウの枕の上には赤いジュエリーボックスがあった。一緒に暮らしはじめて、もう25年になる。

「クリスマスプレゼントってわけでもないけど」

なぜこのタイミングで指輪なのか。

ヨウはわかるような、わからないような、なんともいえない気持ちになった。結婚をしないのではなく、できない事情がふたりにはある。

「サイズとか、どうやってわかった?」

シンプルなプラチナの細いリングは、ヨウの指に吸い付くようにぴったりだ。

「寝ている間にこっそり測ったんだ」

きっとそれはロマンチックな冗談だろう。几帳面な淳哉である。ヨウがしている右の薬指のリングを測って、それよりも少しだけ細いものを選んだのかもしれない。

「ありがとう」と、ヨウは淳哉にキスをした。乾いてカサついた唇が、ふたりの重ねてきた時間のようで、不意に切なさが込み上げてくる。

「明日も撮影で早いんだろ」

淳哉がベッドサイドのライトを消そうとした。

たとえ4時間後に家を出るとしても、心の高ぶりに、このまま眠るわけにはいかなかった。淳哉のパジャマのボタンを外すと、日向のような匂いがした。


「青子さんて、ホントなんでも似合いますね」

彼女のマネージャーのさっちゃんが、いつの間にかヨウの隣に立っていた。しっかり役者は目に入るけど、撮影の邪魔にならない。そういう場所にスッと立てるようになって、スタイリストは一人前だと言われる。

「そうだよ。だからこっちは、楽させてもらっちゃってる」

ヨウは組んでいた腕を戯《おど》けたように広げてみせる。

「あのグリーンのニットワンピ可愛いなぁ。白衣なんか上に着ちゃうのもったいないっすよ」

さっちゃんのささやきを聞きながら、ヨウは薬指のリングをまだ触っていた。さっきから少しだけ、胸に鈍痛を感じるのだ。

「白衣ありきで選んでるからいいのよ。研究者なんだから、白衣に目がいかなきゃ困るでしょ」

「それはそうですけどぉ。でもああいうロング丈って、わたしが着ても全然似合わないんだろうなぁ。マジで体重より身長が欲しい！　ヨウさんほどバカデカくなくてもいいですけど！」

さっちゃんのぼやきに、ヨウは声を殺して笑う。

ヨウの身長は淳哉とも大して変わらない。中学の終わりから急に伸びて、高校に入る頃には学年でも高い部類になっていた。

淳哉と出会ったのは、高校1年のときだ。同じクラスになって、完全な一目惚れだった。すぐに親友といえるほど仲良くなり、くだらない話を何時間でもしていられた。

カッコいい男子なら他にもっといたが、言葉では説明できない魅力を、理屈ではない男の好みというものを、ヨウは初めて知ったのだ。夏休みはプールや海に遊びに行き、淳哉のあらゆる買い物に付き合い、サブカルや洋服が好きなヨウが選んであげた。

そうして高校のほとんどの時間を淳哉と共に過ごした。

大学に入る直前に、ヨウは告白するしかないと思った。ふたりが通っていた高校は、神奈川県内でも有数の進学校であり、学部は違うが、東京の同じ大学にふたりして合格していた。これ以上は隠せないし、秘恋を明かせば二度と友だちには戻れない。

淳哉にフラれたら、自分は別の道に進もう。

そして見事に桜は散り、ヨウは突如ニューヨークへ行くことを決めた。ファッション業界ならば、下積みでも仕事はいくらでもあると思った。

親にすべてを話すと、頭がおかしくなったと思われ、翌朝になってヨウの名義の預金通帳を母から渡された。

好きにしろ。この家にお前はいないものとする。

それが父からの伝言だろうと、ヨウはありがたく受け取った。母は不安げな顔をして「お願いだから、病院に行きましょう……」と、エプロンの裾で涙を拭った。

それから淳哉と再会したのは、15年後の帝国ホテルのバーだった。

一時帰国して仕事を終えたヨウは、カウンター席でラスティ・ネイルを頼んだ。スコッチウイスキーと、ハーブや蜂蜜、スパイスが薫るリキュールのドランブイ。この

2種類を混ぜるだけ。そう言ってしまえばそれまでのレシピだが、ステアの仕方によって、出来上がる味は驚くほど違う。

氷には触れず、素早く。バーテンダーの惚れ惚れするような手つきを、ヨウは静かに見つめていた。

その瞬間に、忘れもしない声が聞こえた。

振り返らなくてもわかる。

後ろのテーブル席に淳哉がいる。ウイスキーグラスの丸い氷を指でなでて、全身に立った鳥肌を鎮めようと思ったが、まったく効果はなかった。

決して振り返るまい。

息を潜め、ヨウは身を強張らせながら、ラスティ・ネイルを舐めるようなペースで飲んだ。仕事で東京に呼ばれることは、年に数回あった。けれども学生時代の友人に遭遇することは皆無だったのだ。

どのぐらい経っただろうか。5分くらいだった気もするし、30分以上経っていたのかもしれない。椅子の横に立つ淳哉から「久しぶり」と声をかけられた。

「隣、いい?」と座った彼は、「同じものを」と注文する。バーテンダーは、何も言わずにうなずいた。一緒にいた人たちは先に帰したのだろうか。低い声でぽつぽつと話しはじめた彼が、夢であるのか、現実であるのか、ヨウは混乱するばかりだった。

淳哉はヨウが行かなかった大学を卒業し、順当に弁護士となり、ふたりの娘のパパだと笑った。左の薬指には金色のリングが光っている。

「なんで、わかったの？」

ヨウが聞きたいことは、それしかなかった。

18歳の春に、ヨウはすべてを捨てたのだ。

肩まで伸ばした髪。薄いグレーのマニキュア。膝の上に置いたクロコダイルのクラッチバッグ。あの頃のヨウは完全に消えたはずだ。

「お前のことは、わかるだろ」

あれから随分と探したんだと言われ、ヨウはこの男を愛した年月が、一気に報われた気がして、鼻の奥がツンとする。

ラスティ・ネイルは、古い錆びた釘。

「わたしの痛みを和らげる」という言葉を持つ。

錆びついた古い釘は、ヨウの心のいちばん柔らかい部分に深く突き刺さっていた。

なんだかちょっと出来すぎている。ヨウは優しい琥珀色のおかわりをバーテンダーに頼む。

淳哉と連絡先を交換して、ヨウは翌朝の便でニューヨークへと戻った。まさか2ヶ月後に淳哉がアパートを訪ねてくるとは、その時は微塵も想像していなかった。

# 12月26日（月）

## 美智子

美智子は夕暮れの後楽公園を足早に歩いていた。

マンションの入り口で門前払いされた娘からの返信がない。昨日からメッセージを送っても、既読にはなるがそれっきりだった。様子がおかしいどころか、娘が別人のようだ。

今夜のボランティアは準備だけで、早めに帰らせてもらおうか。知り合いのツテではじめたものの、専業主婦が長かったので、ちゃんと務まるかと不安だったが、今では毎日の楽しみとなって、滅多なことでは早退も休みも取ることがない。

良妻賢母に育つように。

戦中生まれの両親が、これ以上ないとつけた名前だった。同じことを皆が考えたのだろう。小学校のクラスでは、美智子の他にも、美智子が2人もいた。

あの頃の、日本中の美智子ちゃんたちはみんな、立派な良妻賢母になれたのだろうかと、ふと思うことがある。

お母さまがまずは冷静に。美智子は午前中に相談に行ったクリニックの先生の言葉を思い出す。本人を診てないので憶測では言えないと前置きしながらも、熱心に耳を傾けてくれたのは、いかにもキャリアウーマンというような女医さんだった。

「29歳の娘さんが数ヶ月でそれだけ痩せるというのは、病気の可能性ももちろん考えられますが、状況を聞く限りは、摂食障害の可能性もあるとは思います」

極度のストレスから、過食や拒食になってしまうケースは、美智子も聞いたことがあった。だけど仕事を辞め、旦那とふたりで仲良く暮らす娘に、大きなストレスが突然降ってくるとは思えない。

「数ヶ月前から、急激なダイエットを指導するスポーツジムに通ったりはされていませんか？」

それはありえない。子どもの頃から運動が嫌いで、お姉ちゃんを真似して通いはじめたバレエ教室も、3回と続かなかった。そんなストイックな恐ろしい場所に娘が自ら通うだろうか？　美智子が思い当たらないと首をふると、「冷静に」と女医がはっきりと言った。

「ご心配はお察ししますが、お母さまがまずは冷静に。なるべく早いうちに、娘さんを連れてこられることをお勧めします」

娘の身に起こっていることがわからないにもかかわらず、朝いちばんの初診の時間に、当事者でもない母親が駆け込んで来ている。医師からするとその時点で、冷静ではないということか。

時代遅れの古い女。

若くて賢そうな女医に、そう見抜かれた気がして気が滅入る。

美智子は東京オリンピックの前年に生まれた。22歳で結婚し、寿退職した翌年には男女雇用機会均等法が施行され、女性が働く時代がはじまった。

いつもひとつ、ズレているのだ。

「お茶汲み」や、「腰掛け」という言葉が、差別でもなんでもなかった時代だった。勤めていた会社でエレベーターに乗れば、「お替わりします」と男性社員に申し出て、開閉ボタンの前に立つのは女性の役目だった。

美智子はそれが嫌だとも思わなかったが、退社から2年後、赤ちゃんを抱いて会社に遊びに行ったときのことだ。肩パッド入りのスーツを着て、男性社員と話しながら、エレベーターに颯爽と乗り込んできた若い女性に目を瞠《みは》った。

これが世に言うキャリアウーマンか。

女性の総合職採用がはじまったと、ニュースでも話題になっていた。四大を出ているなら、短大を卒業した美智子と、同い歳の可能性もある。同い歳で、同じ会社で、同じ女で。抱っこ紐で赤ん坊を抱いている自分が、お気楽な時代の化石であるような、なんとも言えない惨めな気分になったものだ。

あたらしい時代に、参加できない古い女。

その呪縛は、いつも美智子の中にある。

後楽公園を抜けたところでスマホが鳴った。肩にかけたバッグの中から聞こえる着信音は、娘からのものだ。美智子は応答のボタンを何度もタップするが、液晶ボタンは反応しない。「あっ」と、手袋をむしるように取って、どうにかボタンを押した。

「もしもし？」

スマホを耳に押し当て、美智子は娘の声を待つ。

「……お母さん、昨日はごめんんね。追い返しちゃって」

いつもと変わらないように聞こえるこの声は、あのゾンビみたいな娘のものなのだろうか。

「お母さん、今から来てもらえるかな……」

「大丈夫？　なにかあったの？　おうちなの？」

「……お風呂掃除してて、頭打っちゃった」

「え？」

「……」

「ちょっと、大丈夫なの？　怪我は？」

頭？　反応が、妙に鈍いのが気になる。

「今からすぐ行くから！　待てる？　救急車呼ぶ？」

「そんな大袈裟にしないで。ちょっと転んだだけで大丈夫だから」

美智子は春日《かすが》通りに走り出て、タクシーを拾おうとする。信濃町はどっち向きで止めればいいのだろうか？　そんなことより、まずは空車を捕まえることだ。車道に2歩3歩と踏み出して、背伸びをして右手を高くあげると、威勢よくクラクションを鳴らされた。

「信濃町にお願いします」

やっと捕まえたタクシーの後部座席の窓を開けて、ようやく呼吸ができた気がした。今夜のボランティアは休まざるを得ない。こんな急では迷惑をかけてしまうだろう。それでも自分の子どもを、美智子は放っておくわけにいかなかった。

## 12月26日(月)

## 青子

シーツと布団カバーを乾燥機から取り出して、ベッドの上に広げて冷ます。枕カバーも帰ってからやればいいかと、一緒に置いておく。撮影が午前中で終わったのに、昼寝をしてしまったら夜中まで起きられない気がして、青子はリネンを洗濯することにしたのだ。

スマホを見ると、ジムから直接行くと、夫からメッセージが入っている。

いつ以来の夫との外食だろうか。

そういえば先週の撮休には、一緒にお蕎麦を食べに行ったことを思い出し、ひとりでおかしくなった。別に大して久しぶりでもないのに、大袈裟なのだ。

昨夜というか、明け方というか、青子はうまく寝つけなかった。どうにか無事に今日の撮影が終わったから良いものの、これでは女優失格だ。寝つきの悪さは、単純に緊張やひとりで眠る心細さだったのか。根本的な夫婦の関係のざらつきによるものだったのか。とりあえずいまは考えるのはやめようと思った。

ことりは頭で考え過ぎる。一緒に仕事をした監督から、昔はよく言われたっけ。

夫は青子のことを「ことり」と呼ぶ。ファーストネームと間違えられることが多いが、「戸鳥」は青子の旧姓だ。キャッチーな名前なので、子どもの頃から「ことりちゃん」、大人になったら「ことりさん」と、呼ばれることがほとんどだった。「あおこ」と名前で呼ぶのは、今やスタイリストのヨウちゃんと、マネージャーのさっちゃんぐらいだ。

そして青子も、夫のことを苗字で呼ぶ。

「頭が空っぽになっている。そういう表情で、そこに立っていてください。戸鳥さんのように、感情を殺してまで客観的に考えられないのが、薫子という女性なんです」

青子が初めて出演した映画は、夫が監督する作品だった。雑誌などのファッション撮影とはなにもかも勝手が違う現場で、監督の言葉だけが青子の頼れるものだった。

その理由が今なら簡単にわかる。

このセリフで、この動きで、このシーンで、最後に何が生まれるのか。それがわかっている唯一の人が監督だからだ。「演じる」という仕事を、見様見真似で考え続ける青子に、クランクアップしてから監督は伝えてくれた。

「戸鳥さんはちゃんと答えを出せる人ですね」

それは、はじめての褒め言葉だった。


洗面台に立ち、ベースを丁寧に塗って、コンシーラーで目の下や顎のくすみをレタッチする。いつもならそれに粉をはたいて終わりだが、今日はファンデーションを使うことにした。本日、2度目のメイクである。青子は、血色感を出すためにチークも足そうかと思ったが、やりすぎも気恥ずかしいと、うっすらと色づくグロスを唇に塗っておしまいにした。

ジム帰りなら、夫はきっとカジュアルな格好だろう。髪も洗ってそのままのはずだ。夫婦も歳を重ねると、バランスが大事だと思うようになる。個別のスタイリングではなく、ふたりでひとつのスタイリングをする感じ。どちらか一方が気合いを入れても、お金をかけても、ちぐはぐになるだけなのだ。

いまのわたしは、夫に似合う女なのだろうか。

今夜の食事は、家から10分とかからない近場さんだ。夫はいつからか、わざわざ遠くのレストランまで足を運ぶのを億劫がるようになった。数年前にできた近所の寿司屋がすっかり常連のようになっている。贅沢ではあるが小さな個室で握ってもらえて、青子の仕事柄、気が楽ということもあった。

ふたりで食べるごはんは、家でも外でも、昼でも夜でも、青子はデートだと思っている。毎日じゃないからこそ、毎回が特別な気分になりたかった。ヨウちゃんが磨いてくれたお気に入りのグレーのシューズを履こうと、青子は白いニットのセットアップを選んだ。夫がダウンジャケットであることを考え、青子もオーバーサイズのムートンのコートを羽織った。

マンションのエントランスを出ると、もうすっかり陽が落ちている。

予約した17時半ジャストに入店すると、「いらっしゃってますよ」と、いつもの個室に案内される。

「あれ？　なんかおしゃれさんだね」

ジム帰りの夫は、きちんとジャケットを着ていた。髪の毛もワックスでセットしている。

「そりゃ女優さんとディナーだからね」

先にビールではじめている夫は戯けてみせた。

夫は嫌味に受け取ったのだろうか。「ジム帰りだからカジュアルだと思っただけ」だと、付け足した方がいいのだろうか。

「こんばんは。戸鳥さんいらっしゃいませ」

若大将の声に、青子は弁明のタイミングを失って、熱いおしぼりを広げて手を拭いた。この店は、コース一本で旬の魚を少しずつ味わえる。お寿司に合わせたお酒のペアリングを楽しみながら、3時間近くになることも多い。本日のコースの流れを聞きながら、出てしまう欠伸《あくび》を必死に噛み殺す。小さなグラスビールで乾杯したあと、

「今夜はいつもより、ちょいテンポ上げ気味でお願い」

と、夫が言った。次の予定の時間を気にする若大将に、

「女優さんが寝不足だからさ」

と、夫が答える。

なんだろう。

気遣ってくれている言葉のはずなのに、どこか冷えたものを感じてしまう。

「わたしなら大丈夫だから」と口を開こうとすると、

「じゃー監督はひとり淋しく2軒目ですね」

青子は若大将にまた先を越されてしまった。

「まあ、そういうことになりますよね」

1品目の料理が出るまで、しばらく会話に入れなかった。


肝を溶いて食べるカワハギ。ブルーの卵が美しい甘海老。甲羅に盛られた香箱蟹。

「おいしいわぁ」

感激とともに味わいながらも、今夜のわたしたちは、第三者がいるから成立している会話ばかりだと気がつく。おそらく夫は気づいていないが、青子に直接は投げることはせず、若大将や仲居さんにワンバンさせてから青子にボールが届くのだ。

このウニ、甘いなぁ。どこの？↓ここんとこ極寒の根室のものが抜群にいいんですよ↓こんな鮮やかなオレンジ色なのねぇ……といった具合に。

Netflixの50時間以上あるという新作ドラマで盛り上がる夫と若大将の話を聞きながら、自分がそれを観ていないことではなく、夫が観ていたことを知らなかったのがショックだった。

青子の冷えたものの正体は、そのあたりにあるのではないか。

夫のボールをこれ以上取り損ねないようにしているうちに、魚の味がさっぱりわからなくなってしまった。

## 12月26日(月)

## 美智子

夕暮れの外堀通りは、思ったよりもクルマが流れた。美智子はスマホを握りしめているが、頭を打ったという娘からの連絡はない。
左手の迎賓館、右手の学習院初等科を過ぎたあたりから、赤坂御所の脇の道は下り坂となって、タクシーは加速した。南元町の信号を右折して、首都高と中央線の高架をくぐると、景色が一変する住宅街へと入り込む。二葉保育園の手前を左折して急な坂道をタクシーは上っていく。
明治時代の三大貧民窟、その中でも最大のスラム街であったこの四谷鮫河橋に、慈善幼稚園を開いたのが二葉保育園の成り立ちである。

娘ふたりの子育てが終わり、何か自分にもできるボランティアはないかと、美智子が調べていたときに知った史実だった。明治時代、華族女学校付属幼稚園に勤務していた野口幽香《ゆか》と森島峰。生まれながらにして、付き添い人にあれこれと命令する子どもと、道端の地面に字を書いている子ども。「華族の園児同様に貧民の子どもたちにも教育を」というふたりの熱意が、時代を越えて、苦難を越えて、実現されている事実に美智子は心が震えた。

家事しかできない。子どもの世話しかしていない。

そんな美智子の負い目のようなものが、救われるような気持ちになったことを鮮明に覚えている。同世代のキャリア女性に対して、自分も胸を張れるような気がしたのだ。子どもに聞かれたことは、なんでも答えられたらと、できるだけ知識を身につけようとしてきた。子育てしながら娘と一緒に学んだことは、いまボランティアに活かされている。

「お釣りは結構ですから」

わずか数十円ではあったが、美智子は運転手に急がせたお礼を言って、タクシーを降りる。

昨日とは打って変わってすんなりドアを開けた娘は、家の中だというのにロングのダウンコートを着たまま、おでこに大きなアイスノンを当てて冷やしている。そのなんとも滑稽な姿に、

「どうしちゃったの？」

と、美智子が声をかけた瞬間、娘の目からは涙があふれ、玄関に頽《くずお》れるように座り込んだ。

抱きかかえて起こそうとすると、ダウンの下のからだの細さに驚く。娘の身長は155㎝で、体重は60kg近くあったであろう。キューピーのような体形は、子どものころから変わらないものであった。一緒にお風呂に入ると、彼女のお餅のような白い肌が、ほんのりピンク色に染まるのが可愛らしいと、美智子はいつも思っていた。

「とりあえず、中に入ろう」

立ち上がらせた娘の軽さに、美智子は背筋が凍るような恐怖を覚え、一方で脇の下からはじっとりと嫌な汗が流れるのを感じていた。

短い廊下の先には、こぢんまりとしたキッチンダイニングがある。きちんと片付けられた部屋に、変わった様子は見受けられない。コンロには、見覚えのあるル・クルーゼの赤いケトル。

「可愛いけどちょっと高いし、それにちょっと重いんだよね」

口から出る言葉とは裏腹に、娘はお店で見るたびにこのケトルの前で立ち止まった。

「いいじゃない。ホーローはちゃんと磨けば一生モノよ」

美智子が背中を押して買ってあげたものだった。あれは結婚したばかりの頃だ。頻繁に磨いてきたのだろう。まるで新品のような姿でそこにある。


「ベッドじゃなくていいよね？」

ダイニングの椅子よりは、からだ全体をあずけられる方がいいだろう。しゃくり上げる娘を、ゆっくりとソファに座らせる。アイスノンを取っておでこを見ようとしても、娘は抵抗しなかった。

痛々しく血の滲む切り傷があり、少し腫れているように見える。

「痛い？」

娘は首を横に振るが、こんなに冷やしたら余計に痛い。

「冷凍庫を開けるね。これじゃ大き過ぎるから」

美智子は自分の動揺が伝わらないように注意して、小さな保冷剤を探す。冷凍庫の中はパンパンに詰まっていた。食材を詰めすぎて、霜が降りている。小分けにされた白米、青菜、お肉……。カレーやパスタソースの類も、きちんとジップロックに小分けにされて、解凍される出番を待っていた。「わたしの冷凍庫にそっくりだわ」と、美智子は複雑な思いがする。

ミニタオルで保冷剤を包み、その上からソファに置いてあった娘のニットキャップを被らせる。

「手で押さえた方がいいかも」と言うと黙ってうなずく。その間も、娘の涙はハラハラと落ち続けていた。

美智子は自分に繰り返し言い聞かせる。

落ち着きなさい。

目の前の娘は、数ヶ月前とは、別人のような衰弱した姿なのだ。この姿を見ていながら、娘婿は平気で放っておいたというのか。

病気じゃないの？　直人さんと揉めたの？　まさかＤＶ？　頭に浮かぶのはネガティブな言葉ばかりだ。慎重に言葉を選ばなければならない。問いの順番を間違えれば、娘は昨日のように、また拒絶するかもしれないのだ。ふたりがけソファの隣に座り、娘の左手を両手で挟んで、美智子はじっとローテーブルに置いてある小さなモミの木ったた。

を見つめる。

「おでこ、痛くない？　他に痛いとこは？」

張り詰めた沈黙の末に発した言葉は、自分でも情けなくなるぐらい、母親のそれだった。

「痛いよりも、つめたい」

ようやく聞けた娘の声と、恥ずかしそうに小さく笑った顔に美智子は安堵する。

「そんなに腫れてないし、もう取っても平気かな」

ニット帽をズラして保冷剤を取ってあげようとすると、娘は美智子の胸に顔をうずめて、声を押し殺してまた泣いた。どうすることもできずに娘をぎゅっと抱きしめ、ダウンコートの上から小さくなった背中をさすり続ける。

なんでも話してくれる娘だった。

余計なことはあまり喋らない長女とは違って、次女は起きた瞬間から眠るまで、美智子の後にピッタリついて、ひたすら話しかけてくるような子どもだった。今日学校であったこと、覚えたばかりの歌、道端に咲いていた花、臭かった虫。見たこと聞いたこと感じたこと。次女は母親に伝えることで、自分の生きている世界をひとつひとつ確認しているかのようだった。

そんな次女のクラスのお友だちの名前は、美智子も全員フルネームで覚えることとなったし、彼女が幼稚園の先生となった後は、受け持った園児の名前も美智子はおそらく全員を覚えていただろう。

娘がおしゃべりになったのは、父親が家を出ていった頃からかもしれない。しかしそれは次女がおしゃべりを覚えはじめた年齢と重なっていたので、今となってはわからない。

30分ほどそのままでいただろうか。次女は美智子の胸の中で寝息を立てていた。これは普通の状況ではない。そんなことはわかり切っている。美智子は無理に起こしていいのか判断がつかず、仕方なくまたモミの木を見つめる。

「お母さん……」

小さな声がして、娘がからだを離した。

「お水、飲む？」

美智子の声に「自分でやれる」と言って、娘は立ち上がろうとする。美智子が一緒に抱えるように立ち上がったが、娘は「大丈夫だから、お母さん座ってて」と、ひとりでキッチンまでよろよろと進んだ。

冷蔵庫から浄水ポットを取り出してマグカップに注ぎ、ゴクゴクと勢いよく飲んだ。

「お母さん、ごめんね。いまお茶淹《い》れるね」

返事を待つわけでもなく娘は赤いル・クルーゼのケトルで、お湯を沸かしはじめた。

「お風呂掃除してただけなのに、よろけて転んだんだよね。わたしもう限界なのかもって」

娘がシンクにもたれるようにして、ようやく話をはじめた。

## 12月26日(月)

## 莉里

今夜の子ども食堂は、お好み焼きだった。

いつものおばちゃんがいないので、八百屋のおじちゃんはてんてこ舞いだ。台所のガスレンジのフライパンと、和室のホットプレートを行ったり来たりしている。

「八百屋もこのぐらい満員御礼だったら良いんだけど」

年末だから忘年会で、帰りの遅い親御さんも多いのだろうと、おじちゃんは額の汗をタオルで拭きながら、子どもの人数を何度も数え直した。

「おじちゃん、お手伝いしようか？」

莉里は、ピンクのノートを持って台所に降りていく。

「莉里ちゃんはまだ食べてないだろ？」

「今日はお昼をたくさん食べたから、お腹はまだ空いてないの」

「じゃあ追加の山芋を擂《す》るのやってくれるかい？」と、おじちゃんがすり鉢を渡してくれた。

「そこに座って、足で挟んで固定するとやりやすいから」

莉里は、言われたとおり台所と和室の間にある段差のところに腰を下ろす。山芋を擂るのは、2回目だ。前回は、麦とろごはんのときで、すりこぎの使い方をおばちゃんに教えてもらったのだ。山芋は直接握ると、手が痒くなってしまう。そう言って、前回は薄いビニールの手袋を渡してくれたが、今夜のおじちゃんは忙しそうだ。

大きなすり鉢を太ももに挟むと、ひんやりとする。夏は素足に気持ちがよかったけど、冬だと冷たい。それにタイツをはいていると滑る。後でノートに書いておこうと、莉里は思った。山芋と、すり鉢の面がなるべく90度になるよう注意しながら、犬を撫でるぐらいの力加減でやる。

ノートに書き留めていることを思い出しながら、莉里は山芋を2本ぜんぶ擂った。最後の方は擂れる場所が鉢の上の方しかなくなってしまって、どうしても手に擂りおろした山芋がついてしまう。どうしたらいいのか、明日おばちゃんに聞いてみよう。

莉里は石鹸で手を念入りに洗いながら考えていた。

みんなが食べ終わる頃、ようやくホットプレートのプラグを引っ張っているおじちゃんに聞いてみる。

「明日はおばちゃん来ますか？」

「ああ、莉里ちゃん、今日はありがとうね。莉里ちゃんのおかげで、おじさん20枚もお好み焼き焼いちゃったよ」

莉里は恥ずかしそうに膝を擦り合わせる。

「おばちゃんね、明日はどうだろうね」

「おばちゃんになんかあったの？」

「いや、おじさんも詳しくはわからないんだけど、娘さんの具合が悪いって急な連絡があったからなぁ」

「おばちゃんの娘さん？　上の娘さん？　下の娘さん？」

「さあどっちだろうなぁ。莉里ちゃんは何でもよく覚えてるんだね。明日、おばちゃんから電話があったら聞いておくよ」

おじちゃんは感心したような顔で答えた。

「きっと心配しなくても大丈夫だよ。お好み焼き、持って帰るかい？」

アルミホイルに残ったお好み焼きを、包んでくれる。

「おじちゃんの分は残ってますか?」

「ちゃんとあるよ。これとビールでおじさんも今夜はプチ忘年会だ。何枚持ってく?」

おじちゃんは、指を、1本、2本と立てる。莉里は少し考えて、

「……2枚ください」

と、語尾までしっかりと発音した。

端っこがカリカリに焼けた豚肉。おじちゃんがザクザク切ったたっぷりのキャベツ。ふっくらとした食感は、莉里が擂りおろした山芋も一役買っている。残り半分になったら、マヨネーズをかけてもおいしいって、ママに言ってみよう。莉里はおじちゃんにお礼を言って、八百屋さんのビニールバッグに入れてもらったお好み焼きを受け取る。まだほんのりと温かい。おばちゃんとさよならのぶんぶんができないのが、ちょっぴり変な感じがした。

それでも、明日から学校は冬休みだ。

莉里のスニーカーの反射板は、夜の暗闇の中でも明るく光った。

## 12月26日(月)　知歌

仕事を定時で終えて帰宅すると、真っ先に洗面台でコンタクトレンズを外す。

知歌が毎日のようにコンタクトを入れはじめたのは、関戸と会うようになってからだ。30歳を過ぎてから、次々と結婚をしていく周りを眺めながら「一生もう眼鏡でいいや」と思った。

「せっかく美人なのにもったいないよ」

母親と妹にはとにかく不評だったが、知歌はふたりの女子トークにはうんざりする。美人だからなんだというのだ。母や妹の方がよっぽど愛嬌がある。そして別に大した美人でもない。高いといわれる鼻も鷲鼻気味だし、アーモンドアイといわれる目はキツい印象を与えるだけだ。「モテるでしょ」なんて社交辞令を男に言われても、どこにも繋がらないなら無責任だ。

プロポーズされたことなど、誰からもない。

父方の祖母にそっくりな顔。気が強い自分にはぴったりな顔。

知歌が容姿を褒められて素直に喜べたのは、関戸がはじめてだった。

19時半。部屋着のスウェットに着替え、冷凍庫を開けると、母の手で丁寧に小分けにされた食材がぎっしりと詰まっている。昼に残したお味噌汁を温め直しながら、白米とキーマカレーを取り出した。

ボランティアに行っている母は、あと1時間は帰ってこないだろう。ここのところ、ろくに顔も合わせていないので、青山霊園の近くにあるケーキショップに立ち寄り、母の大好きなバスクチーズケーキを買って帰った。

わたしたち姉妹から手が離れた50歳のタイミングで、母はボランティアをはじめた。子ども食堂で料理を作ることを選んだあたりが、どこまでも家庭人だなと知歌は思う。少女のような純粋さを残し、ろくに働いたこともない母が続くものかと思ったが、そんな知歌の心配をよそに、もう9年になるだろうか。夕方からの数時間のために、電車を乗り継いで週に6日も通って、母が手伝う子ども食堂を巣立っていった子どもたちは、３００人を超えるという。

35歳になっても、母の食事で栄養バランスを保っている知歌にとっては、もう女の種類が違うとしか、思えないのだ。


レンジで温めたキーマカレーに、せめて目玉焼きぐらいは自分で焼いてのせようか。そんなことが頭に浮かんだとき、知歌のスマホからメッセージ音が鳴った。

きっと母親からだ。いまから帰るというメッセージだ。

〈会える？　20時に青山のバーで〉

関戸からの誘いはいつも当日だった。けれどこんな時間に急に誘われるのは、はじめてのことかもしれない。

今夜こそは、母の話を聞かなくては。そもそも職場のある青山から、いま帰ってきたばかりなのだ。知歌は「上手な断り方」を考える前に、洗面台であたらしいコンタクトレンズを入れていた。さっきまでいた場所に、化粧をし直して戻ろうとしている。

気が強いのに、男には弱い。

自分は恥ずかしい女だと、知歌は鏡に映る顔を睨んだ。

表参道の地下にある重い扉を開くと、薄暗い店内にはふたりの男がいた。初老のバーテンダーとその前のカウンターに座る中年の男だ。

「突然、悪かったね」

関戸の言葉に、「地下鉄に乗れば、家からでも20分かからないから大丈夫」と、つまらない答えしかできないことが、この上なくダサいと思う。鉄道オタクでもあるまいし、もっと気の利いた返答ができないものか。

知歌は隣のスツールに腰をかけて、おしぼりを受け取った。

「今夜は会食って言ってなかった?」

知歌のやんわりとした探りに「なんか急に会いたくなって」なんて、さらりと答えるのだから堪《たま》らない。

「彼女になにか食事的なもの、あるかな?」

彼の大人な対応に、知歌はいちいち胸が騒いだ。

冷凍ごはんとキーマカレー。キッチンに出しっぱなしで出てきてしまったことを思い出し、今度は胸がチクリとする。

「今日は白いんだね」

知歌のジャケットを見て、関戸が言う。

弁護士業務のアシスタントというお堅い職業柄、職場に着ていく機会はない。はじめて買った白いジャケットは、関戸と次に会うときに着ようと思っていた。

「なんで女は、冬に白を着たがるんだろうな」

彼の一言に、知歌は憧れるひとりの女優を思い出す。

『濁流に泳ぐ人』で、薫子の役を演じたその人は新人賞、主演女優賞を総なめにした。父親の潔白を信じて生きる健気な娘の姿が観者の心を打った。最後は獄中で父が自死したことを知り、薫子は雪の中をひとりで彷徨《さまよ》い歩く。

彼女はそのとき、白いコートを着ていた。

父のいない孤独も、父が世間から白い目で見られる悲しさも、関戸の描いた世界は、知歌にとってはフィクションなんかじゃなかった。

知歌が10歳のときに、父が家を出た。

その前から何度も母が、泣きながら父と話し合いをしていたのを、知歌は子どもながらに知っていた。ドアを隔てた向こうの声は決して大きくはなかったが、そういう夜に限って隣で眠っている妹が不思議と泣き出すのだ。まだ4歳だった。

６つ上の知歌は、仕方がないので妹の胸をポンポンと叩いて、小さな声で歌をうたった。音痴な知歌が小声になると、音程はさらに怪しくなって、歌っているうちに自分まで泣きたくなる。
あるこう　あるこう　わたしはげんき
あるくのだいすき　どんどんいこう
妹の泣き声が母の邪魔にならないように。父が出ていくのを止められますように。

「さすがにちょっと寝不足かな？」

黙っている知歌の顔を、関戸が覗き込む。

「関戸さんこそ」

憎まれ口を言い放つと、短くキスをされる。ウイスキーの味がした。知歌は「わたしにもなにかウイスキーを使ったカクテルをお願いします」と注文する。

氷を丸く削る初老のなめらかな手の動きを見つめながら、ふと思う。バーテンダーという人たちは、見えてもなにも見ない。聞こえてもなにも聞かない。バーテンダーという職業の優秀さは、パラリーガルの仕事の評価とは真逆なのだ。

世の中には、知らない世界が広がっている。

「ラスティ・ネイルです」

錆びた釘という名のお酒を、知歌ははじめて飲んだ。

関戸と会わなければ、一生出会うことはなかったであろう味がする。知歌はトイレに立って、母親にメッセージを入れる。

〈仕事関係で飲みに誘われたから出かけました。申し訳ないけど、カレーは冷蔵庫に入れておいて。今夜も遅くなりそうです〉

甘くて、強い、大人の香りに、知歌は大胆な気持ちになっていた。

# 12月26日(月) ヨウ

ヨウの部屋はヴィンテージマンションといえば聞こえはいいが、かなり年季が入っている。リビングからは有栖川宮《ありすがわのみや》記念公園の緑が望めるが、寝室の隣にはビルが建ったため、カーテンで一日中窓を塞ぐことになってしまった。

目が覚めたとき、朝なのか夜なのかわからない。

それでもヨウはこの部屋が気に入っていた。

時計の針は、21時56分。数時間の昼寝のつもりでベッドに入ったまま、8時間が過ぎていた。それほど深い眠りだった。疲れが溜まっているせいか、このまま朝までも眠れてしまいそうだ。

まだまだ若いってことにしておこう。

淳哉は今夜、クライアントと会食があると言っていた。

スタイリストと弁護士とでは、生活の時間帯がバラバラだ。だからこそふたりの時間が大切だし、あと数年以内には、互いの仕事を半分ぐらいに抑えようと話をしている。同じ景色を見るために旅をして、おいしいと言い合うために食事を作る。そう考えると、歳を重ねるのも悪くない。むしろ心が躍るのだ。パジャマの上にガウンを羽織ろうと腕を伸ばすと、左胸に鈍い痛みを感じた。

またか。

ヨウは再びダブルベッドに倒れ込むようにして、痛みが過ぎ去るのをじっと待つ。明後日には、青森に移動しなければならない。ロケ先で万が一にでも何かあったら、迷惑がかかる。今日の撮影が終わったあと、やっぱり病院へ行けば良かったのだ。眠気に負けてしまったことを後悔しても後の祭りだ。

いや、こんなに痛くはなかった。これはもう鈍痛ではない気がする。

ヨウは、寝ずに仕事に行ったことが原因だと思った。昨夜家に帰ってから明け方まで、淳哉と久しぶりにからだを重ねた。クリスマスのプレゼントが嬉しくて、肌を合わせるだけでは眠れなかった。時間をかけて愛し合い、淳哉の寝顔を見てから、明るくなる前に家を出たのだ。

胸の痛みは差し込むような鋭い痛みに変わり、額には嫌な汗が滲む。

これは、罰だな。

もし本当に罰ならば、痛み程度で済むはずもないけれど。

淳哉の家族を壊し、まだ幼かった子どもたちから父親を奪った。妻から最愛の夫を奪った。帝国ホテルのバーで再会したあと、ニューヨークまで淳哉は会いに来てくれたのは、ヨウにとって完全な想定外だった。無惨に散ったはずの思春期の告白は、淳哉の中に種を残し、結婚生活の陰で淳哉が望まずとも育っていた。

ヨウの罪は一生消えることはないし、詫びたところで償うこともできない。

故意に壊されたものは、決して元には戻らないのだ。

その残酷さを知っているからこそ、ヨウは謝罪の言葉を口にすることはない。勝手な懺悔を薪として、恋心を燃やすような浅はかさは、ヨウも淳哉も持ち合わせてはいなかった。

妻が納得するまでは離婚をしない。年収の半分を渡し続ける。子どもたちが成人した後も、淳哉はその条件を変えていない。

一度だけ、ヨウは淳哉の妻を目にしたことがある。淳哉と暮らすために、ニューヨークのアパートを引き払い日本へと帰ってきた夜だった。成田空港の入国ゲートで、まだ幼い娘を抱いて彼女は立っていた。後になって、淳哉の手帳から彼女がヨウの帰国を知ったことがわかった。ニューヨークから帰国するフライトの便名を、淳哉は赤いボールペンで記入していた。

なぜ、何百人の乗客の中から会ったこともない人物を探せると彼女は思ったのか。幼児を抱いて、ひとりひとりを凝視するのっぴきならない表情に、ヨウは目が離せなかった。その視線に気づいた彼女は、ただ、おぞましいものに近づくように、ヨウの前に歩いてきた。

なにも言わず、瞬きもせず。

ヨウはその眼光を、一日たりとも忘れたことがない。ひとでなしを怯え蔑《さげす》むような目をしていた。訳もわからず抱かれている無垢な娘のそれとのコントラストも。

ベッドに横になっても、一向におさまらない胸の痛みが、次第に焦りに変わっていく。淳哉の会食もそろそろお開きの時間かもしれない。ヨウはナイトテーブルの上に置いたスマホに手を伸ばす。ベッドサイドに片手をつき、喘ぐようにボタンをタップする。ただの疲労や加齢で、ここまでの痛みになるだろうか。
何度かけても、淳哉の電話は通話中だった。

## 12月26日(月)

### ひかり

懐かしい毛布に包《くる》まれている。暗い部屋の中でも、ひかりは感触だけでわかる。結婚するまで、子どもの頃から毎晩ひかりを温めてくれた毛布だ。ボロボロだからと母に捨てられそうになったのを、その度に救出した毛布。

「これは夢だ」と、ひかりは思った。

夫の直人と暮らす部屋に、この毛布はない。毛布よりも、確かな安心で包んでくれる存在を信じて、わたしはお嫁にいったのだから。

はっきりしない記憶を辿ると、母に連れられて実家のマンションに帰ってきたことを思い出す。これが現実であれば、海にいた方が夢だったのだ。

夢であったならば、殴ればよかった。

直人は、青い海に目を細めながら煙草をふかしていた。煙たさもなく、匂いもない。水面に反射する光の眩しさだけがリアルだった。ひかりはラッシュガードの袖を指先まで伸ばして、隣にしゃがんでいる。寄せては返す穏やかな波の音。直人があたらしい煙草に火を点け、ひかりの肩に腕をまわす。

直人の脇毛がくすぐったくて、ひかりは泣きたいくらい幸せだった。

「ずっと好きでいて」

絞り出そうとしても、声にならない。必死で直人に泣いてすがろうとするが、いつの間にか短い夢は終わっていた。あの頃の直人は、浮気なんてしていなかった。

たぶんあそこは、下地島の17ENDビーチ。今年の5月。2回目の結婚記念日に合わせて、ひかりが計画した旅行だった。

「そんなに休み取れないかも」

乗り気ではない夫を、半ば強引に説得したのだ。

いつからなのかはわからない。きっかけがあったとも思えない。「明朗快活」を絵に描いたような恋人は、明るくも朗らかでも快活でもない夫になっていった。

背中を向けて寝ることが多くなり、話しかけても上の空なことが増え、食事中にスマホをいじることが当たり前になった。仕事の付き合いだと言って、女の子と飲んで帰ってくる夜があることもわかっていた。

ふたりでいると、きっとわたしが不機嫌にさせているのだ。

友だちや家族が一緒だと、以前の明るい直人に戻るのだから。

仲間とＢＢＱで集まったりするときは、ひかりの腰に手をまわし、「結婚も悪くないよ」なんて独身男子におすすめしたりする。ひかりがひとりになっていないか、常に気遣ってくれる。そしてその帰り道には、直人は例外なく無口になった。「楽しかったね」なんて、ひかりが言っても不満げな顔をして、目を合わせようともしなかった。

なんでこんな感じになっちゃったんだろう。

直人の愛のない態度に、ひかりは何度も理由を聞いた。「別に」っていうのは理由にならなくて、いちばん傷つくのだと力説した。ようやく引き出した言葉は、

「そういう話自体がいちいち重いってゆうか、息が詰まる」

直人が想像していた結婚とは違うものになってしまっていることが、妻として心底申し訳ないと思った。

ひかりはベッドの上で体育座りをして、涙をぬぐう。夢の中でこぼした涙なのに、しっかりと現実まで飛び越えてくる。

今回の直人の女遊びが、ただの遊びではないと気づいたのは、ＬＩＮＥを盗み見たからだ。ＡＫＡＮＥという女に、直人は何度も会いたいと送っていた。ＡＫＡＮＥの返事は気のないものだったが、頻繁に会っていることはわかる。惚れているのは直人なのだ。妻のくせに、夫の恋心を制御する方法が見当たらないのだ。戦慄するほどの裏切りを知ってしまった後でも、ひかりは直人を追及することができなかった。

「もう好きじゃない」

そのひとことが死ぬよりも怖い。

ひかりは傷ついていることを、直人にわからせたくて、食べることをやめた。リアルに死にそうになったら、直人も自分に目を向けてくれるのではないか。さすがにかわいそうだと心配してくれるのではないか。浮気したことを後悔してくれるのではないか。

ぽっちゃりの体型を捨て、ＡＫＡＮＥという女を見返したいという気持ちもあった。

お茶や、具の入ってないお味噌汁を飲んで、ガムを嚙む。空腹感もひもじさも、２週間もしたら慣れていった。わずか数ヶ月の間に、体重はぐんぐんと落ちていく。

それでも直人の外泊する回数は減らなかった。

## 12月26日(月)

## 青子

青子は最近お酒を飲むと、覿面《てきめん》に足が浮腫む。モデル時代の勲章ともいえる外反母趾のせいで、帰り道から靴を脱ぎたくなる。そして足が浮腫むと、気怠《けだる》くなる。それでもすぐに寝られるようにと、家に戻ってまず洗濯しておいたシーツや枕カバーをセットしてベッドメイキングを終わらせた。

お風呂にタブレットを持ち込んで、寿司屋の若大将と夫が盛り上がっていた例のドラマを見はじめたが、一瞬にして寝落ちしていたみたいだ。なにがなにやら話の筋がわからないまま、第2話のエンドロールが流れている。

寿司屋を出ると夫は、ひとりでタクシーに乗り込んだ。

「もう1杯飲んでくるから、先に寝てて」

元気だな、と青子は見送る。きっと1杯で終わるはずもない。

すっかりふやけた足を摩《さす》ると、ペディキュアが少し禿げている。午後に塗ったばかりなのに。青子はふーっと息を吐き、「ばかやろう」と小さく呟いた。これから髪やからだを洗うのも億劫だ。その後ドライヤーで髪を乾かし、肌も歯も磨いて、寝る前にストレッチをすることも。日常のルーティーンが面倒になるのは、からだよりも心の疲労が影響していると、何かで読んだことがある。

そのとき青子は、遠くから聞こえる微かな着信音に気がついた。

バスタオルをからだに巻き付け、びしょびしょのままお風呂から出る。夫がうっかり鍵を忘れて、エントランスで入れないのかもしれない。

リビングのテーブルに置いてあったスマホを見るとヨウからの着信が入っていた。

明後日からのロケの相談だろうかと、すぐに掛け直す。

「もしもし？　ヨウちゃん？」

青子の声に、不自然な間が空いて、ヨウの声が聞こえた。

「……青子、お疲れのところ申し訳な……」

普通ではない様子に、青子の声が思わず大きくなる。

「大丈夫？　なんかあった？」

「……なんか、ちょっと具合が悪くて。明後日のロケ、アシスタントに任せてもいいかな。いまから調整してもらおうと思うんだけど、その前に青子に断りたくて」

ヨウの声が少し震えているように聞こえる。

青子はいま何時なのかが知りたくて、うろうろとスマホを探し歩き、自分が手に持って通話しているじゃないかと気づく。動揺を鎮めようと、リビングの真ん中で立ち止まった。

「そんなの全然いいけど、大丈夫なの？　淳哉さんは一緒？　すぐにでも病院行った方がいいんじゃない？」

滅多に風邪さえひかないヨウが、具合悪いなんて。現場に穴を空けたことのないプロフェッショナルなのだ。

「大丈夫、大丈夫。だいぶ落ち着いてきたし。単純に寝不足だと思うから」

青子は濡れた毛先から、ぽたぽたとひっきりなしに滴る水を、からだに巻いていたタオルで押さえる。紀尾井町《きおいちょう》の青子の部屋から、ヨウのマンションがある広尾まで、クルマなら20分でいけるだろう。

「いまから行こうか？　すぐ出れるよ？」

「とんでもない！　やめてやめて。撮影前の体調管理は基本なのに……アラカンにもなって情けないわ」

ヨウは青子の申し出を断り、何度も謝罪して電話を切った。

スマホの時計は22時過ぎを示している。

このリビングには時計がない。家にいるときぐらい時間に縛られたくないという夫婦ふたりの意向だった。青子は濡れ髪をバスタオルで拭く。全身がすっかり冷えてしまった。それでもヨウのキャンセルを考えると、ただごとでない気がする。

ヨウは決して馴れ合わず、それでいて青子を深く理解したいと思ってくれる。仕事でも、プライベートでも、ヨウの存在は大きい。スタイリングを任せる以上に、一緒の現場だとそれだけで心が落ち着くのだ。

「ずいぶんとお忙しいね」

びっくりして振り返ると、リビングの入り口にいつの間にか帰宅した夫が立っていた。

青子はバスタオルをからだに巻き付け、夫の横を通り抜けて風呂場に戻る。

「おかえり。早かったのね」

真っ先に「何かあったのか？」と、心配して聞くのが普通じゃないのか。

全裸で妻がリビングに立っていたのだ。動揺した表情くらい、苦笑いくらい、せめて、してよ。45歳の嫁の裸なんて、見るに値しないのだとしても。

青子が風呂から上がると、ベッドルームからは夫の鼾《いびき》が聞こえていた。洗濯したばかりのシーツで、とても気持ち良さそうな鼾だった。

## 12月26日(月)

## 美智子

「ええ。そうなの。とりあえず連れて帰ったわよ。お姉ちゃんは全然連絡つかないし、駅の前まで歩いてタクシー拾って」

美智子は用もないのに、気づくとコンロの前にいる。台所に立っているのがいちばん落ち着くというのは、前時代的な主婦の性《さが》だろうか。

「言葉がないのよ、本当に……なんだか様子がおかしいのは、前々から気づいていたのに。それが悔しくて」

手短にと話しはじめたが、すでに30分近くも電話をしている。

相手は、別居している夫だった。

美智子が35歳のときに家を出ていったままだ。

それでも娘の進学や、親の病気、ボランティア先の子どものことなど、事あるごとに美智子が頼りにできる相手は、夫しかいなかった。

「明日にでも病院に連れていきたいと思ってるけど、本人が嫌がるのに無理強いすると逆効果になるとも聞くし……難しいわ」

さっきから同じところをぐるぐると回っているのが、自分でもわかる。

「わかってる。ちゃんと話を聞いてみる。お姉ちゃんにもまだ言ってないから、あの子、なんて言うか。訴えてやるとか、言い出しかねない。もちろんわたしだって許せないけど……」

銀座で会食だったという夫は、まだ外にいるみたいだった。ビル風なのか、ゴーゴーという音がひっきりなしに鳴っている。今夜は冷える。これ以上長話をしていたら、夫が風邪を引いてしまうだろう。

「もうわけわからなくて。ええ。大丈夫よ。あの子が起きてきたら、落ち着いて話すわ。せめて母親ぐらいはしっかりしないと」

無意識に口をついて出た言葉は、夫への当てつけに聞こえただろうかと、美智子の頭をよぎる。

「わざわざ親が口出すのなんて……どうかって思ってきたのよ。でもとてもじゃないけど、そんなこと言っていられる状況じゃないから。本人も限界だって泣くんだから……。ええ。まずはからだが心配だし」

夫の声を聞いているだけで、やっぱり安心できるのだ。側《はた》から見たら奇妙な関係でも、美智子が長い時間をかけてどうにか受け入れた夫婦の形態なのだ。

「ええ。また連絡するから、電話だけは取れるようにしておいて」

ようやく通話を終えて、スマホケースをぱたりと閉じる。

薄紫色の革のケースには、スミレの花が刺繍《ししゅう》してある。美智子は人差し指でそれをなぞった。これをプレゼントしてくれた母の日には、娘はすでに暗い気持ちを抱えていたのだろうか。

娘にだけは、結婚の苦労は、させたくないと思ってきた。自分がこれほど傷ついてきたのだから、それで十分じゃないか。愛される喜びは何物にも代え難いが、愛する人に裏切られる苦しみは、時間薬でさえ効果がない。一生を台無しにされるといって、過言ではないだろう。

信濃町のマンションでは、娘は泣くばかりで、断片的にしか話を聞くことができなかった。わかっていることは、娘婿の外泊が増え、娘は食べるのを止めて痩せ細り、娘婿はそれを放置しているという事実。

美智子が「とりあえずうちへ帰ろう」と言うと、娘は黙って何度も頷いた。

足もとさえおぼつかない娘を抱え、タクシーが捕まる外苑東通りまで歩くのはしんどかった。わずか数分の道のりだが、坂道だらけの入り組んだ狭い路地が、これから娘と一緒に進む隘路《あいろ》であるかのようだった。

タクシーに乗り込むと、娘はすぐに小さな鼾をかきはじめた。痩せて喉まで細くなっているのだろうか。美智子が聞き慣れた娘の寝息とは違うように感じて、余計に不安が募った。家に着いて、娘をそのままベッドに寝かせてから、もう2時間が経つ。

そろそろ白湯《さゆ》でも持っていこうか。

やかんをコンロの火にかけると、美智子のお腹が豪快な音を立てた。そういえば、今日は朝からろくに食べていない。長女の朝ごはんを作り、洗濯物を室内に干してから、傘をさして新宿御苑のクリニックに行き、その足でお歳暮の返礼品を伊勢丹で選んだ。気がつけばボランティアに出る時間になって慌ただしく家を出て、娘からの呼び出しの電話だ。

美智子は出しっぱなしになっていたキーマカレーとごはんを、レンジで温めることにした。

夫の好物で、娘たちに何度となく作ってきた自慢のレシピだった。

## 12月26日(月)

## 知歌

空きっ腹に強いカクテルが効いたのか。このまま電車に乗ったら、知歌は気持ち悪くなりそうな気がした。

関戸と一緒にバーを出て、「まだ電車で帰れるから」と、ひとり表参道駅に向かったものの踵《きびす》を返すことにした。冷たい風にあたりたくて、青山一丁目まで歩くことにする。

年の瀬も押し迫った平日の夜だ。青山通りには、タクシーを停めようとする人たちが、我先にと車道にせり出して手を上げている。

関戸はすぐにタクシーを拾えたのだろうか。

表参道の交差点を背に、知歌は南青山側を歩いていく。

今朝、生理にならなかったら。

おそらく今夜も、外苑前のホテルに行っただろう。出血量はごくわずかだったが、関戸に晒すなんてありえないと知歌は思った。どんなに逢瀬に溺れても、みっともない姿を見せたくはない。アルコールに強い知歌が、カクテル3杯で気持ち悪くなったのも、生理の影響かもしれなかった。

火照りが治まらない頬に、夜風が心地よい。

関戸と出会ってから、3週間が過ぎたばかりだ。いま思い出しても、奇跡のような偶然だと知歌は思う。

映像製作会社のプロデューサーから、知的財産権に明るい弁護士を取材させてほしいと事務所にオファーがあった。筋金入りの映画好きであるボスは、二つ返事で週末に時間を空け、パラリーガルである知歌は急いで資料を集め、気の進まない休日出勤となったのだ。

恥ずかしながら知歌が脚本を自分で書く監督がいると知ったのは、関戸と付き合いはじめてからだ。そのときはまさか「監督」なんていう偉い人が、わざわざヒアリングに来るとは思ってもみなかった。

それがしかも、知歌がいちばん好きな映画の監督だなんて。そしてなによりその監督が知歌の憧れる女優の夫だと思うと、完全に雲の上の存在だったのだ。

名刺を差し出した関戸は、テレビに出ているような映画監督のイメージとはずいぶん違った。カジュアルなのに威厳があった。好奇心を隠さない目には年齢不詳の輝きがあった。司法の業界では一度も出会ったことのない人種。わたしの地味な人生に、こんなことが起こるのかと、コーヒーを出す知歌の手は震えた。


知歌はマフラーをしっかりと巻き直して、腕時計を見る。いまから帰っても母はきっと寝てしまっているだろう。反対側の北青山の車道に、さっきまで隣にいた男の姿が見えた。

見覚えのある黒いコートの後ろ姿。

肩をすくめ、首もとが寒そうに見える。空車のタクシーが捕まらず、彼も外苑方面に流れてきたのだ。

通りの向こう側に、いますぐ走って渡りたい。後ろから関戸を抱きしめたい。

あのとき、お礼の食事に誘ってもらわなければ。

あのとき、現代美術館のチケットをもらわなければ。

知歌の衝動に冷水を浴びせるように、1台のタクシーが関戸の前に止まる。赤いテールランプを見送りながら、彼が運転手に伝えたであろう場所を想像する。彼が帰る部屋には、戸鳥青子はいるのだろうか。スクリーンの中でしか見ることのできない女優の生活があるのだろうか。

どこまでもリアリティのない世界を振り払うように知歌は足を速めた。

23時を過ぎて家の前に着くと、めずらしく窓から光が漏れている。なるべく音を立てないように、息を止めて玄関の鍵をまわすと、「おかえりなさい」と、母親が中からドアを開いた。

「ひかりが寝てるから」

そう言って母は、唇の前で人差し指を立てた。

母の話したいことは、やっぱり妹のことだった。

わかりやすく気落ちしている母の様子から、少なくとも母にとっては深刻なのだと察する。知歌はコンタクトを外すのを後にして、リビングで話を聞くことにした。

「ひかり、すごい痩せてて……」

急須からほうじ茶を注ぎながら、母が口を開く。

「また変なダイエットにでもハマってんじゃないの?」

妹は昔から、あらゆる場面でわたしの逆をいく。

知歌がバレエを習えば、ひかりは演劇クラブに。知歌がスイミングを習えば、ひかりはピアノを習った。姉妹で趣味も価値観も違うからこそ、ケンカにもならず、それぞれの道を歩んできた。

良く言えば素直、悪く言えばミーハーなところがある妹だ。怪しい美容商法に騙されてもおかしくはない。母は知歌の前に湯呑みを差し出し、低いトーンで言う。

「直人さんとなにかあったみたいで。おでこにたんこぶ作って……」

苦手な義弟の名前が出たことに、知歌は「ほら見たことか」と、母に目を向ける。

「まさか殴ったとか?　DVなの?」

母は胸の前で両手を振り否定をした。たんこぶは、ひかりが浴室で転んだときにできたものだ、と。知歌は呆れたように、ため息を吐く。

それならば、なぜそんな順序で話すのか。冷静さを欠いて事実と興味を混同するのは、母の悪いところだ。それが妹にもしっかり遺伝している。

「詳しいことはまだ聞けてないけど、ひかりは相当思い詰めていて……」

「単純に不仲ってこと?　いつから?」

結婚したときから、わかっていたことじゃないか。

予想通りではあったが、知歌はしっかりと嫌な気持ちになった。

義弟は、自分のことしか好きじゃない。場当たり的な愛想しか、持ち合わせてない。

それでも妹は彼に夢中で、母にとってもお気に入りの婿であることが、知歌には不思議に思えてならないのだ。

「夏頃にうちに泊まりに来たとき、旦那とお風呂入ってなかった？　なんでわざわざ人ん家の風呂でって、引いたもんあの時」

「違うわよ。来る途中にゲリラ豪雨で、すぐシャワーを浴びたのよ」

シャワーであろうと湯に浸かろうと、どっちでもいい。

「いつからって……秋頃まではそんなことなかったと思うけど。妊活も一生懸命してたし、その前はふたりで沖縄旅行して、ものすごい楽しかったって。直人さんもわたしにまでお土産にシーサー買ってきてくれて」

どちらかといえば古風な母の口から、「妊活」という言葉が出たことに、知歌は少しモヤッとした。一生懸命ってなんだ。シーサーもいまはどうでもいい。

直人を良き娘婿だと信じたいのか、責めたいのか。

知歌の酔いはだいぶ覚めていたが、胸のムカつきは悪化している。

「とりあえずそのダイエットを、やめるように言うしかないんじゃない？　急激に痩せたらからだに悪いし……」

知歌の真っ当な言い分を遮って、母が言った。

「ひかり、たぶん30キロ台だと思う」

数字は刺激的だ。その数字はたしかに妹の異常を示している。モデルやアイドルであれば、めずらしいことではないだろう。だが妹は、ここ数ヶ月で20kg近く痩せたということだ。それは明らかにダイエットの域をこえている。

ストレスからくる拒食症？

知歌の頭をよぎったとき、自室で寝ていた妹がリビングに入ってきた。

ダウンコートを着ていてもわかる。ひかりは別人のように痩せている。

「直人が浮気してるんだよ」

げっそりと痩けた妹の頬が、ゆっくりと動くのを見て、知歌は白いジャケットを脱ぎ落とし、トイレへと向かった。

寒気と吐き気が、ほぼ同時に襲ってきた。

# 第二章　小正月あたり

自分を好きな自分が嫌い。
自分を嫌うのはもっと嫌い。

## 1月14日(土)　莉里

「莉里ちゃん、ノート新しいんだね」

おばちゃんが、莉里のそれを見て目を細めた。

「お年玉で買ったんだよ」

またピンク色だけど、表紙にはふわふわの毛がついている。シナモロールという莉里の好きな犬のキャラクターだ。

「コショウガツって、小さいお正月でいいんだよね？」

今夜の子ども食堂のメニューは、「小正月にちなんで」とおばちゃんが言っていた。かぼちゃコロッケと筑前煮、それにあずき粥。男の子たちは「お粥かよー」って嫌がっていたが、おかわりする子もいて、あっという間に売り切れたらしい。

子ども食堂のメニューは、おばちゃんが決めているという。八百屋のおじちゃんは「オレが考えたらさ、カレー、お好み焼き、肉野菜炒めの3種類になっちゃうよ」と、頭を掻いていた。

うっすらと赤く色づいたお粥から上がる湯気は赤くない。茶色のカレーも、お味噌汁の湯気もなぜか白い。

莉里が不思議そうにお粥を見つめていると、おばちゃんが隣にきて教えてくれた。明日は小正月といって、2度目のお正月なのよ、と。昔の人は「女正月」とも言って、実家に帰省し、この時ばかりは女の人も羽を伸ばしてゆっくりできる日、ということだったらしい。

「女正月ってなんだか楽しそうだね」

莉里の家は、ママとふたりだから女家族だ。

「莉里ちゃんはお正月、楽しかった？　ママもお休み取れたかな」

「今年はママの恋人もいたから、女正月じゃなかったよ。楽しかったけど」

莉里の返答に、おばちゃんはちょっと気まずそうな顔になる。

「おばちゃん家は女正月だった？」

　そうね、でもいつも女だけでも困っちゃうわねと、おばちゃんは台所に戻っていった。

　莉里はかぼちゃコロッケにソースをかけて、女だけでも別に困らないと思う。

　ママの恋人は大晦日から泊まりに来て、お土産にアトレで年越しパーティープレートを買ってきてくれた。あんまりお喋りする人じゃないのが、莉里には良かった。学校のことや友だちのことを根掘り葉掘り聞かれると、莉里は疲れてしまうからだ。

「莉里ちゃんの家なのに、お邪魔してごめんね」

　お詫びにとお年玉をくれたママの恋人は、ごはんのとき以外ほとんどママの部屋で寝ていた。

「疲れてそうだから、そっとしとこ」

　ママはいつも以上に、莉里を映画や買い物に連れていってくれたから、今年のお正月は楽しかったのだ。元日にはすき焼きも作ってくれた。お鍋がなかったのでフライパンだったけど、お肉が柔らかくて、とてもおいしかった。

「俺、おせちとか、苦手なんだよね。家族がわざわざ集まってとか」

　缶ビールを飲みながらママの恋人がぽつりと言って、ママが「ふーん」って聞いていた。

ノートに小正月と書いた横に、あずき粥を食べる日と書く。

一年の健康を祈って食べるお粥。あずきの「あ」は、赤いという意味。「ずき」は溶けるという意味。すぐに柔らかくなる赤い小さなお豆。お赤飯のお豆とは似ているけど違うらしい。

説明文の下にあずきの絵も描き加えたが、枝豆にも、大豆にも見えてしまうと気づいて、消しゴムで消した。図鑑で豆の種類をよく調べてからもう一度描こうと莉里は思う。

帰るときに「おばちゃんは、なんで昔のこと、よく知ってるの？」と聞いてみた。

「莉里ちゃんより6倍ぐらい長く生きてるからかな」

おばちゃんはちょっと恥ずかしそうに笑って、ほっぺたに両手を当ててる。おばちゃんがよくやる、照れちゃうのポーズだ。おばちゃんの頭の中を書き溜めたノートは、きっと何十冊にもなるだろう。

「かぼちゃコロッケとあずき粥、初めてだったけど、とってもおいしかったです」

頭を下げるとおばちゃんが頭を撫でてくれる。それがいつもより長い気がして、莉里は頭を上げるタイミングが難しいなと思った。

「莉里ちゃん、また明後日もいらっしゃいね」

明日は日曜日で、子ども食堂はお休みの日だ。手を握ってぶんぶん振ったあと、ハイタッチでバイバイをすると、おばちゃんは莉里が道を曲がるまでずっと手を振っていた。

## 1月14日(土)

## 青子

山形県鶴岡にある雰囲気の良いレストラン。ロケ最終日、今夜は特別に貸し切りにさせてもらっての打ち上げとなった。イタリアンのお店なのに、入り口には白とピンクのお餅を枝に飾った伝統的な「餅花」があった。青子は雪国に訪れる遠い春を思って、小さなお餅にやさしく触れてみる。

「おつかれさまでした～！」

プロデューサーの元気な掛け声で、一斉にグラスを合わせる小気味のいい音が響く。撮影クルーが30人も集まれば、乾杯の音も賑やかになる。極寒の過酷な現場をこなし、それぞれの仕事を終えたスタッフの表情はみな晴れやかだ。

撮影助手である中村くんの隣に青子は座った。彼はまだ30代半ばに見えるが、子どもが4人もいるらしい。ノリは軽いが、仕事の腕前は監督もカメラマンも高く評価している。

「戸鳥さん、スタッフ打ち上げとか来てくれるんすね」

ちょっと緊張した面持ちで、中村は青子に話しかける。

「もちろんだよ。昨日で撮り終わっちゃったけど、これを楽しみに残ったんだから」

青子は白ワインのグラスを、彼のビールグラスに合わせて再び乾杯をした。

「そんなのめっちゃ嬉しいじゃないですか。戸鳥青子と飲んだって、オレ全力で嫁に自慢しますよ」

ロケが終わった興奮と安堵感が混じって、彼はおいしそうにビールを飲み干す。青子はピッチャーから2杯目のビールを注ぎながら、同席するだけで喜んでくれるなら、女優業も悪くないと思う。

「俳優部だって、スタッフですから」

青子にキャストもスタッフなのだと教えてくれたのは、夫の関戸だった。

主演俳優もバイプレーヤーも、照明助手も美術もプロデューサーも、そして監督も、みんなが映画製作のスタッフだ。撮影が終われば、それぞれ別の仕事に散らばる。二度と同じ現場にならない人もいるだろう。だから持ち場は違っても、どんなに忙しくても、打ち上げの乾杯だけは顔を出せ。

青子は夫のその言葉をずっと大切にしてきた。彼の真摯な映画への態度に惹かれ、青子は一生を誓ったのだ。


「ことりちゃ〜ん、今回ヨウさん、残念だったわねぇ」

ヘアメイクの浅羽さんが白ワインのボトルを持って、青子のグラスにワインを注ぎに来た。中村が気を利かせひとつ椅子をズレて、浅羽の場所を空ける。

「先月ヨウさんと別の現場で会ってさ、久しぶりにことりちゃんのロケだって、すごく楽しみにしてたんだよ」

年末に体調を崩したヨウは、2度目のロケにも参加することができなかった。インフルエンザにしては長引いていた。あれから3週間近くになる。さすがに回復はしているだろうが、青子は心配だった。

「インフルエンザなんて、ホントついてないわねぇ。あ、このラザニア、アンチョビが利いてる！」

世話好きの浅羽は、青子の皿にもラザニアを取り分けてくれる。

「最近の関戸監督はどうしてるの？　次の映画は決まってるの？」

浅羽の何気ない質問に、青子は妙に身構えてしまう。隣の会話に参加していた中村まで、関戸の名前に顔の向きを変えた。

「オレ、関戸監督の仕事、憧れなんですよ！」

広いようで狭い業界だ。なるべく軽くかわしたい。

「なんだかんだと忙しそうにしているよ」

「そっかぁ。世界の関戸とはいえ、そろそろ当てたいもんね……」

浅羽の言葉にデリカシーがないわけではない。むしろ期待しているだけ、愛があるともいえる。そのぐらい厳しい世界なのだ。

映画製作にたずさわる人間はほとんどがフリーランスで、会社員のように保障があるわけじゃない。そしてクオリティと興行収入が、必ずしも一致するとは限らないジレンマをみんなが抱えている。無数に生まれる企画の中から、脚本に進み、キャスティングを実現し、撮影、編集作業を無事に終え、プロモーションをかけ、劇場公開に辿り着く作品は数えるほどなのだ。その中でヒットとなるとさらに少ない。

4年前に夫が監督した前作品は、公開直後から酷評が集まり、最終的には大きな赤字を出し、「大コケ」「オワコン」の烙印を押された。

それからなのかもしれない。

何となく、家で、仕事の話をするのを避けるようになったのは。からだを寄せ合い映画を観る至福の時間が夫婦から消えたのは。どちらからともなくそうなって、気づけば離れた距離感が当たり前になっている。関戸は、そんな簡単に腐るような男じゃない。妻に慰めを求める男でもない。青子はなにも言わず、夫を思えば思うほど愛情の伝え方がわからなくなって、ぎこちない夫婦関係がいつの間にか定着していた。


青子は打ち上げに来る前に、ひとり加茂水族館へ行っていた。

一足先に東京へ戻ったマネージャーのさっちゃんから、「青子さん絶対行った方がいいですよ！　くらげのクラネタリウムって名前からしてやばくないですかっ！」と激しく推されていた。

くらげは、好きだ。

藤沢周平記念館も、鶴岡公園の雪景色も捨てがたかったが、青子はクラネタリウムを選んだ。雪の中タクシーを降りると、日本海に臨む真っ白な建物があった。

1万匹の水くらげが泳ぐ水槽は、幽玄の一言だった。照明を落とした暗い室内に、水くらげの水槽だけがほんのりとライトに照らされている。ふわふわと浮かぶ姿は、泳いでいるというより、ただ漂っているようにも見える。

なんて自由なのだろう。

青子はくらげを前にして思う。水の流れに逆らうことなく浮遊している。

これまでの科学では、人間や動物は、走ったり泳いだり飛んだりするときに、地面や水や空気に圧力をかける必要があるとされてきた。なにかを押したり蹴ったりしなければ、前進も上昇もできる力は生まれない、と。

だが、くらげは、逆だった。「引く」ことで、自分を動かす。

自分の目の前に圧力の低い領域を作ることで、自分を前進させているという。だからこんなにも自然なのか。無駄な肩の力も、鼻息も、脚の踏ん張りもない。

くらげになりたいと、青子は思った。

くらげは死ぬと、水に溶けて跡形もなく消える。この1万匹の中で、いま、消えゆく姿があるのかもしれない。それに気づくことは誰にもできない。

日本海に次々と音もなく消えていく雪を、青子はくらげの姿に重ねていた。

## 1月15日(日)

### ヨウ

ヨウはそろりとベッドを抜け出して、タンブラーを片手に散歩に出た。まだ寝ている淳哉を起こしたくなかった。

抜けるような青だと、木立の先に広がる空を見上げる。

ヨウは海の青よりも、空の青が好きだった。飛行機に乗るときは、必ず窓際に席を取る。生まれ育った横浜の海も、家族や友人と海水浴に行った湘南も、好きにはなれなかった。ニューヨークで暮らしていたとき、長い冬は寒さよりも曇天ばかりで気が沈んだ。日照時間は自死率に影響するというが、本当かもしれない。

近所にある公園のベンチに座って、青空を見るだけで、こんなにも気持ちが晴れる。

たとえ余命を宣告された後でも、それは変わらないのだとヨウは青空の偉大さを、しみじみと実感していた。

昨日の午前中、年末から行ってきた検査結果がようやく確定した。

こんなことが起こるのか。まずはそう思ったし、起こるべくして起こったとも思った。ステージ4の乳がんで、肝臓など他の臓器にも転移が見受けられる。セカンドオピニオンも、見解は変わらなかった。

乳がんはめずらしい病気ではない。日本人の女性なら、14人にひとりの確率で罹患するのだ。滅多にないと思われている男性でも、年に500人以上がなる。そしてステージ4だとしても、5年生存率は30％以上もある。けれどヨウの場合は、その数値が当てはまるかはわからない。恐らくはもっと低くなるだろう。これも、主治医、セカンドオピニオンともに同じ意見だった。

タンブラーに入れたコーヒーは、まだ湯気が立っている。

「おいし」

小さく声に出して味覚を確かめるように、ヨウは自分で淹れたコーヒーを味わう。

「明日からはカフェインレスかなぁ」

これ以上、独り言を続けたらおかしな人だろうか。両手の指をしっかりと組んで、左薬指のリングの硬い感触をぎゅっと感じる。自分の人生は、光と影のどっちもが、色濃いものだった。

高校時代、好きになった男の子の唯一無二の親友になれた。その一方で彼を欺いている罪悪感から、消えてしまいたいと自分の存在を呪った。自分の抱える生きづらさに折り合いをつけようと、覚悟の末の告白で恋を失いその人には二度と会わないと決意した。

それからは、親に勘当されても、嘘のない自分を生きようと無謀にも突き進んだ。20代は海外で自分のキャリアを磨き、33歳で二度と会うはずのなかった相手に再会し、彼の家族を壊すことになったが、40代50代と今日まで最愛の人と暮らし、好きな仕事を続けてきた。

不思議なほど、ヨウは自分の人生に悔いはないと思った。

少なくとも「あの頃に戻りたい」と、思うような時代もない。

いまは単に、死へのリアリティが湧かないだけかもしれないが、淳哉がニューヨークのアパートを訪ねて、自分への思いを打ち明けてくれた夜。たとえそこで一生が終わっていたとしても、後悔はなかったのではないか。

満たされるって、すごいな。

そんなことをぼんやりと考えていると、目の前をリードに繋がれた犬が元気よく走っていく。

イングリッシュ・コッカー・スパニエル。

この長い名前は、一時期、淳哉と飼おうかどうか真剣に悩んだことがあったから覚えている。自分の人生は、そんなにも淳哉であったのかと、年甲斐もなくラブソングのようなことを思う。

コーヒー豆だって、ふたりの好みが交わるものを真剣に選んできた。ちょうどいい酸味や苦味に辿り着くまでは長い道のりだった。いまはその香りこそが、生きるエネルギーなのだと感じる。できることなら、少しでも長くこのまま変わらない日々を淳哉と生きたい。恐らくそう遠くない時期に、がんが転移した臓器は痛みを伴い進行し、発熱もする。

問題は、いつ話すか。

淳哉は置いて出た家族の話を、ヨウに打ち明けることはほぼなかった。どこまで行っても、明るい出口となる話ではないからだろう。すべてを打ち明けることが良いとは限らない。その選択をヨウは賢明だと思う。

明るい出口を、わたしは最後にみつけられるだろうか。

わざとらしいほどにヨウは両手を伸ばして、ふたたび空を仰ぐ。あの嫌な胸の痛みは微塵もなかった。

# 1月15日（日）

ひかり

ひかりが実家に戻ってきて、もう3週間になる。
自宅の風呂場で転倒した日の深夜に、夫の直人から「迎えに行く」と電話があったが、「体調が戻るまでしばらくこの家で休んでほしい」と、母親が強く主張した。
電話口の直人の声から、ひかりはどんな感情も読み取れなかった。義務感なのか、迷惑がっているのか、愛情なのか。いまはなにも考えられないし、なにも聞きたくはない。このままの自分では直人とまともに話ができないだろう。そういう状態だからこそ、ひかりは母親に助けを求めたのだ。
お腹は空いているのに、食べることが怖くなっていた。だけどこれ以上ハンガーストライキを続けて、子どもが産めないからだになることの方がいまは怖いと思う。

年末年始から、自分でも驚くほど、ほとんど眠るだけの生活を送った。なんの家事もせずにただ休ませてもらって、肉親はありがたいとひかりは思う。

午前11時。ベッドを抜け出てリビングを覗くと、母親と姉がダイニングでお茶を飲んでいる。ひかりの狂った体内時計は、曜日感覚もとっくに消えていた。この時間にふたりが揃って家にいるなら、今日は週末なのだ。結婚するまでは、ひかりも当たり前のように一緒にテーブルを囲んでいた。それがひどく懐かしいことのように感じた。


「あずき粥があるよ」

ひかりに気づいた母が、腰を上げて立とうとした。

「ありがとう。自分でやれるから」

まだ温かいお鍋の蓋を開けると、やさしい湯気がひかりの顔を包む。火を止めて間もないのだろう。小正月にあずき粥を食べるのは、子どもの頃からの我が家の習わしだった。お玉でお粥をすくわずに、菜箸であずきだけを摘んで3つ4つと茶碗に入れる。母親は食事の時間に関係なく、いつも台所にごはんを用意してくれていた。栄養があって、からだにやさしいごはんばかりだ。

ひかりが小学生のときに、「水戸光」という横綱が大人気だった。

小柄な体軀で大きな力士を投げ飛ばす。身体能力の高さと人懐こいキャラクターが日本中を沸かせ、久しぶりの相撲ブーム到来とメディアは毎日のように取り上げた。「水戸ひかり」という名前のせいで、どれだけ男子に揶揄《からか》われたことか。色白でぽっちゃり体型だったこともまずかった。「自分の名前は平仮名だから違うのだ！」と、ひかりが何度主張しても、火に油を注ぐだけだった。特に給食の時間になると「ごっつぁんですって言えよー」と、囃し立てられるのがたまらなかった。テレビから暴力的に聞こえてくる「ミトヒカリ」に、ひかりは耳を塞ぐしか抵抗する術がなかった。

「なんでお母さんは苗字を変えてくれないの？」

学校から帰ると、ひかりは毎日のように訴えた。父親はひかりが4歳のときに家を出たままなのに、母は苗字を旧姓に戻すことはなかったのだ。

「ごめんね、ひかりちゃん」

大抵の娘のわがままは聞いてしまう甘い母親だったのに。名前に関しては、ひかりを抱きしめるばかりで、その要望が叶うことはなかった。

一日も早く結婚して苗字を変えよう。まだ小学生の女の子が、本気で結婚願望を抱いたのは無理もない。

「おいしい」

あずきだけでは満足できずに、小ぶりのお茶碗に半分ぐらいあずき粥をよそう。ひかりは、少しずつ食事を摂れるようになってきていた。母は「食べなさい」とは、ひと言も言わない。「ごはんあるよ」と言ってくれるだけだ。姉もひかりの好きなプリンや焼き菓子をたびたび買って帰ったが、「ご自由にどうぞ」という感じで、食べても食べなくても言及しなかった。それがなによりありがたかった。2ヶ月以上も、ほとんどカロリーといえるものを摂取していなかったのだ。夜中に目を覚まして、甘いプリンを一口食べると、嘘みたいによく眠れた。

「お茶、飲むでしょ?」

姉がポットから湯呑みに注いでくれたのは、香ばしい加賀棒茶だ。

直人は、毎日あの部屋でごはんを食べ、毎晩あのベッドで眠っているのだろうか。ひとりで寒くはないだろうか。福吉に姓が変わり、安心して自分の名前を言えたときの嬉しさを、ひかりはいまでも忘れられない。

信濃町のマンションに残してきたガジュマルの鉢植えを思い、ひかりは「ごめんね」と申し訳なく思った。冬場はほとんど水が要らないといっても、最後に水をやってからもう3週間になる。きっと直人は、ろくに部屋に帰ってはいないだろう。

体調が戻ってきたいまなら、ちょっとぐらいなら帰れるかもしれない。ひかりは薄い塩味のあずき粥を、あと半分だけ食べようと思った。

## 1月15日(日)

## 美智子

「もう一度、見せて」

ひかりが自室の扉を閉めた音を確認してから、美智子は知歌に言った。

「お母さんが見たくないなら、無理に見なくてもいいと思うけど？　証拠なら3年間は有効だから」

「ちゃんと見るわよ。こっちが逃げても仕方ないんだから」

法律に詳しい長女は、分厚いリングファイルを2冊、テーブルの上に置いた。なにも書かれていない白い表紙。一見すると家族のアルバムのようにも見える。だが実際には、アットホームな写真などは一枚もなく、ページをめくれば義息の背信行為が写っている調査報告書なのだ。

宅配便を受け取るのが、ひかりじゃなくて本当に良かった。時間指定をしていても、今日は朝から気が気じゃなくて、美智子はインターホンの前を彷徨《うろつ》くばかりだった。

年末にひかりを連れ帰ってからすぐに知歌に相談して、興信所を紹介してもらっていた。キッチンをリフォームできるほどの調査料を振り込むことになったが、それに見合う成果はあったと報告を受けている。その成果を喜ぶべきか、悲しむべきか。美智子は途方に暮れるしかない。


［調査対象日12月30日（金）～1月3日（火）］

扉をめくると、よく知った端整な顔立ちの男が写っている。

そしてすべての写真の下には、ご丁寧にキャプションが添えられていた。

【12月30日17時21分】

対象が自宅（新宿区信濃町メゾン若葉）出発。

この夜は、去年の子ども食堂の最終日だった。「子ども忘年パーティー」と称して、唐揚げを山ほど揚げるのを楽しみにしていた。それなのに美智子は参加できずに迷惑をかけた。連れ帰った自分の娘をひとりにできないと休ませてもらったのだ。

【同日17時42分】

対象が四ツ谷駅より丸ノ内線池袋行きに乗車。

【同日17時50分】

対象が銀座駅で下車。有楽町の家電ショップに立ち寄り、18時32分BAR Cardiganに入店。

【同日20時04分】

対象、女性（以下、乙とする）と共に退店。

その写真は、20代そこそこに見える女と連れ立ってバーを出てくるものだった。店内で待ち合わせていたのだろう。女の腰に義息が手を回す様子からして、ふたりに男女の関係があることは一目瞭然であった。美智子は、自分の呼吸が浅くなっていることに気づき、慌てて息を吐き出す。

【同日21時55分】

対象・乙、ＪＲ有楽町駅から山手線外回りに乗車、五反田駅で下車。ローソンに立ち寄り酒などを購入した様子。

義息は酔っ払っているのだろうか。駅からの暗がりで恥ずかしげもなく女にキスをしている。

【同日22時16分】

対象、乙と共にサニーコーポ（品川区大崎4－21－8）に入る。

そのキャプションについているのは、女が鍵を取り出してオートロックを解除している写真であった。

【翌31日01時20分】

対象・乙共に、その後の出入りは確認できず。「入室」から3時間の原則を適用し、調査終了とする。

そして翌日の昼前に、大崎4丁目の部屋から、信濃町の自宅へ戻る義息の隠し撮り写真へと続いている。これ以上、とてもじゃないが見ていられない。

美智子はファイルを叩くようにして閉じた。

なぜひかりに、こんなことが起こるのか。美智子はこめかみを強く押す。ひかりは、ふんわりしたところはあるが、妻として夫を立てる健気さがある。「直人さんに可愛がってもらいなさい」と、ひかりが結婚を決めた日から、何度となく美智子は言ってきた。知らない女に爽やかな笑顔を見せる義息に怒りが湧く。それとともに、本性が見えない薄気味悪さも感じる。

なぜ、わたしの娘が……。

いや、わたしの娘だからなのか？

25年前、美智子は己の運命に驚愕した。

「これ以上、君に嘘をつき続けたくない」

最愛の夫が結婚生活を捨て、幼い娘たちを手放す選択をしたのだから。

添い遂げる覚悟を放棄するならば、なぜ結婚などしたというのか。写真の中の直人は、どこにでもいる普通の男に見えた。娘の夫でなければ、あれが浮気する姿だと知る由もない。夫もお見合いの席では「彼女も作れない奥手な堅物」と紹介されていた。

親の知人を介して出会った夫となるその人は、司法試験に合格したばかりで美智子よりもひとつ年下だと聞いていた。それでも翌年からの司法修習が終われば、家業の弁護士事務所に勤めることが決まっている。寿退社に憧れていた美智子にとって、彼の誠実そうな人柄や将来性は、初対面から好感が持てた。「ならば早く家庭を」というお互いの両親の意向もあり、とんとん拍子で話が進んだのだ。

結婚後はすぐに子宝にも恵まれて、申し分のない旦那さまに日々感謝をし、結婚生活は充実そのものだった。毎年暮れになると、家族写真入り年賀状を作るのがなにより誇らしかった。

結婚したのならば、嘘を突き通せ。女として全否定された美智子は、子どもたちを抱きしめ、夫の告白を拒絶する以外なかったのだ。

別居して四半世紀。世間から見たら異常な夫婦形態。

飲み込めるわけもない感情を無理やり飲み込んで、どうにか折り合いをつけてきた。煮えたぎる怒りは、執着で鎮火させるしかなかった。夫に残る責任感という愛情だけを頼りにして。娘たちには恥ずかしい思いをさせないように、美智子は必死で家を守ってきた。それでも夫に捨てられた女の性質が、ひかりに遺伝したというのか？

気がつけば、ファイルの上に涙が次々とこぼれていく。

父親がいないことを、ひかりは一度も淋しいと言ったことがない。そのかわりにいつも美智子にくっついて歩いていた。頼りになる長女とは対照的に、ひかりはわざと甘えることで、母親を支えてくれた。ときにお調子者のふりをしてまで、家の中を明るくしようと気遣ってくれた娘なのだ。毎晩一緒にお風呂に入ると、美智子の好きな「さんぽ」を一生懸命歌ってくれたのだ。

あるこう　あるこう　わたしはげんき

「お母さん、気持ちはわかるけど落ち着いて。これはもう十分な証拠になるから」

美智子が顔を上げると、しっかり者の知歌がティッシュを箱ごと渡してくれた。

## 1月15日(日)

## 青子

麻布十番の商店街は人で溢れていたが、老舗の蕎麦屋はランチ客がちょうど引きはじめたところだった。冬の澄み切った青空は、寒さをものともせず、人を外に連れ出すのだろう。

山形県鶴岡市でのロケを終え、青子は新幹線で東京に戻ったその足で来た。朝ごはんを抜いたので、お腹はペコペコだった。

案内された半個室になっている小上がりの障子を開くと、スタイリストのヨウと、パートナーである淳哉が肩を寄せて窮屈そうに座っていた。濃紺の彼のニットに、ヨウの臙脂《えんじ》色のカーディガン。ふたりの雰囲気は、いつも調和が取れている。

「あれ、お待たせしちゃったか」

青子はヨウの顔を見るのが、ずいぶんと久しぶりに感じた。

「こっちが早く着いちゃっただけだから。お先に、いただいてるしね」

座卓の上にはお通しと、すでに瓶ビールが置かれている。ヨウの元気な姿を見られて、青子はテンションが上がった。

「淳哉さんもご無沙汰しちゃって。どうぞ奥に座ってください、わたしがヨウちゃんの隣に……」

青子が膝をついて、どうぞどうぞと手を差し出すと、

「いいよ。くっついていたいんだから」

ヨウが淳哉の腕を摑んで戯《おど》けてみせる。

「青子ちゃんも、最初ビールでいいかな?」

淳哉の温かみのある声に、青子は微笑む。

ヨウと出会って20年。このふたりのケンカは、見たことも聞いたこともない。小さなグラスを合わせて乾杯したあと、青子は紙袋からお土産を出して座卓に並べた。

鶴岡の純米酒。

あみえびでできたお醬油。

郷土菓子のカラカラ煎餅。

「こんなにたくさん、重かったでしょう……」

ヨウは実家の母親のようなことを言う。

「全然だよ。スーツケースは送っちゃったし、新幹線が運んでくれただけだから」

青子はメニューを開きながら、

「ちょっと日本酒はやめておこうかな……」

と胃のあたりをさすりながら言った。

「昨夜、打ち上げでしょ？　深かったの？」

「そんなでもなかったのだけど、後半からグラッパになっちゃって。そうだ、メイクの浅羽さんから、ヨウちゃんによろしくって言われたよ」

二日酔いというほどではなかったが、まだお酒がおいしいと思える感じでもない。淳哉が笑って、「じゃ、僕らは遠慮なく」と言って、冷酒とつまみを数品、それにお蕎麦を3枚頼んだ。

「じゃあ、こっちにもお茶もらおうかな」

青子を気遣ってか、ヨウはめずらしくお猪口はひとつで良いと言った。

「でも本当よかったよ、ヨウちゃんが何事もなくて。インフルエンザのあと、まさかあんな長引くなんて」

お蕎麦をおいしそうに啜《すす》る食欲があるなら、やはり疲れからの体調不良だったのだろう。

「まぁ、寄る年波には勝てないってことだね。寝ないで働き、寝ないで遊ぶとか、もう好き勝手できる歳じゃないってことだ」

若さが武器になる世界でもある。死ぬまで仕事ができる世界でもある。とはいえ、20代で脚光を浴びるよりも、50代になっても活躍し続けられる確率の方がよっぽど低い。継続は力なりだとしても、継続できる力はまた別なのだ。ヨウですら、そろそろ引退かなと、ここ数年、口にすることが度々あった。

「でも青子の仕事だけは、もうちょっと続けたいなぁ」

ヨウの弱気な発言に、

「引く手数多《あまた》の大御所スタイリストさんを、わたしが独占なんてできませんて」

と、青子は顔の前で手を振る。

「あら。NG出してくる女優さんもいるよ。絶対ムリとか、生理的に嫌いとか、平気で言われちゃうからね、いまだに日本は」

あっけらかんとしているが、ヨウの抱えてきた苦労を、青子は知らないわけじゃない。センスだけで信頼されるほど甘くもない。不条理な逆風をしなやかにかわして、トップクリエーターとして活躍し続けるヨウを、青子は見習いたいと思ってきた。

「でもココ・シャネルだって、ラガーフェルドだって、80歳超えて現役だったわけだし。淳哉さんだって定年とかないんでしょ？」

「さすがに80まではキツいかなぁ」

淳哉は笑いながらも、70歳を過ぎて司法試験に合格するツワモノもいるんだよと、教えてくれた。

まったく違う業種でありながら、互いをリスペクトして支え合う。「理想のカップルが目の前にいる」と、青子はふたりに会うたび思うのだ。彼らの馴れ初めを聞いたとき、「そんな映画みたいなことある？」と、衝撃だった。高校の同級生が15年ぶりにバーで偶然再会するとか。

「歳を重ねてもずっと仲良しって、すごいことだよね」

青子は鴨焼きを箸で挟んで、胸に閊《つか》えていた言葉をさらりと吐き出してみる。

「そんなの青子ちゃんのところも同じでしょ」

淳哉の言葉に、青子は苦笑する。

「どうかなぁ。向こうがなにを考えているのか、夫婦でもわからなくなる」

「まぁ難しいよね。人生その時々で状況も変わるし。人間も変わるし」

蕎麦味噌を箸の先に載せるヨウに、淳哉が「そうだね」と答える。青子が、お蕎麦をもう1枚頼むと言うと、淳哉が「じゃ、僕も遠慮なく」と、冷酒と一緒に蕎麦のおかわりを注文してくれた。


「このお煎餅、音がするね」

ヨウが耳もとでカラカラと土産の品を振る。それゆえにカラカラ煎餅と名づけられ、三角形のお煎餅を割ると、中から小さな民芸品が出てくる。中華のあとに出るフォーチュン・クッキーのようなものだ。

蕎麦湯を飲みながら、3人で運試しをしてみることにした。

ヨウはこけし。

淳哉が打出の小槌。

青子は将棋の駒の王将。

「はずれがないのが素敵だね」

と、ヨウが言う。

「知ってる？　フォーチュン・クッキーって日本人が作ったって」

淳哉曰く、江戸時代に北陸で生まれたものがアメリカに渡り、第二次大戦後にチャイニーズレストランでなぜか普及したのだという。

青子もヨウもまったく知らなかった。

「だったら海外のジャパニーズでカラカラ煎餅出したら喜ばれるよね。こっちが元祖なのにパクリって言われちゃうのかなぁ？」

ヨウは「全種類開けたくなる」と、カラカラ音を鳴らしながら楽しそうだ。

青子は、家に戻る前にヨウたちに会えてよかったと思った。仕事とはいえ、疲れた顔で家に帰るのはさすがに感じが悪い。１週間も留守にしたお詫びに、今夜は関戸の好きな筑前煮でも作ろう。

関戸が引くカラカラ煎餅の玩具はなんだろうか。このささやかな楽しみを、一緒に喜んでくれるだろうか。

# 1月15日(日)

## 知歌

せっかくの日曜だというのに、午前中から家の中にどんより重い空気が漂っている。知歌は出かけるタイミングを逸してしまい、仕方がないので大して汚れてもいない部屋の掃除をして時間を潰すことにした。

掃除機をかける前に棚の上を雑巾で拭こうとして、ジュエリーボックスをなんの気なしに開いていた。金鎖のブレスレットを取り出し、窓から差し込む陽の光にかざしてキラキラと反射させてみる。小さなダイヤモンドが等間隔に配置された繊細な作り。関戸からクリスマスに贈られたものだ。

この骨張って色気のない手首にも似合っているのだろうか。

きっとこのジュエリーは、もっと大人の女性の方が似合う。シンプルなものほど、つける人の差が露呈してしまうのだから。

知歌の頭をよぎるのは、戸鳥青子の姿だった。彼女の独特な透明感は、年齢を重ねるほど増していくように見える。「歳に磨かれる」という詭弁を、いとも軽やかに体現している。

不倫をすれば、男を妻から奪いたいと苦悩するのが常であるはずだ。それなのに知歌は、彼女が自分と同じ世界に存在しているとは思えなかった。そのリアリティのなさが不貞にドライブをかけ、罪悪感を麻痺させている。関戸と関係を持ってからも、戸鳥青子への憧れは変わらなかった。

妹とも、母とも、顔を合わせているだけで知歌は窒息しそうになる。夫の浮気に心を痛めて、病的に痩せ細った妹。自分の過去と重ねて涙ぐみながらキッチンに立つ母。もしも自分の不倫が知れたら、ふたりして半狂乱にでもなりそうで、想像をするのも嫌だった。

ベッドサイドの窓を半分開けると、部屋にあたらしい冷たい空気が入ってくる。

父が家を出て、３人の暮らしがはじまった日を、知歌は鮮明に覚えていた。

その朝、衣服や本を詰めた段ボール箱を、宅配業者が取りに来た。母はまだ4歳だった妹をぎゅっと抱きしめ、何も見ていないような虚ろな目をしていた。小学校5年生になる前の春休みで、今日みたいに朝から晴れ渡る日だった。

父親はひととおり荷物を送り出すと、

「ちょっと散歩に行かないか」

と、知歌を誘ってくれた。

お気に入りの白いエナメルの靴を急いで部屋から取ってきて、玄関で靴紐を結んだ。バレエの発表会用で主役になったお祝いにと、祖父母に買ってもらったばかりの靴だった。

「今日は歩ける靴がいいよ」

学校に履いていくいつものスニーカーを、父は勧めた。

父親と別々に暮らすことになると、知歌は話には聞いていた。会いたいときにはすぐ会えるけど、住む家は別になる、と。それでもお誕生日やクリスマスは、必ず一緒にお祝いする、と。

そしてそれが今日なのだと、知歌はなんとなくわかった。

どれほど嫌だと訴えても、父の出した結論は変わらないのだろう。子どもは無力であるということを、子どもながらに知った瞬間だった。

「お母さんとひかりは来ないの？」

家から小石川植物園まで歩くと、父が繋いでいた手を離して入園チケットを買った。休みの日には、家族で何度となく訪れてきた場所だ。桜も、新緑も、蟬の声も、紅葉も、母の作ったお弁当を食べながらここで知ったのだ。

「知歌にどう話したらいいのか、ずっと考えていたんだけど……」

父は歩きながら、長い長い話をした。


昔、ある王国に3人の王子がいた。

ある日、王様は3人の王子に命令する。

北の国境を目指すように。

王子たちはすぐに城を出発し、「辿り着けば、さぞかし立派な褒美をもらえるだろう」と期待した。

幾日も歩き続け、険しい山脈をようやく越えたとき、王様からの使者が現れ、王子たちに伝えた。

「ここで引き返した王子には、死ぬまでに使い切れないほどの財宝を与えよう」

長男は城に戻ることを選び、贅を尽くして一生を暮らした。

北の国境へと進むことを選んだふたりの王子たちの道のりは、ますます険しくなり、目の前には大河が立ちはだかった。

何度も溺れそうになりながら泳いで大河を渡り切ったとき、再び王様の使者が現れ、王子たちに伝えた。

「ここで引き返した王子には、美しい妃と子宝を与えよう」

次男は城に戻ることを選び、美しい妃とたくさんの子どもたちに囲まれて、一生を暮らした。

ひとり残った三男は、恐ろしい獣だらけの樹海を進んだ。傷を負い、ボロボロの姿で樹海をどうにか抜けたとき、王様の使者が現れ、王子に伝えた。

「ここで引き返した王子には、王位を継承し王国のすべてを与えよう。この先の国境にはなにもなく、二度と使者が現れることもない」

三男の王子は、引き返さずに国境を目指した。

ひたすら砂漠を歩き、北の国境に辿り着いたとき、そこにはなにもなかった。その先にも砂漠が延々と広がっているだけ。

王様からの使者は、二度と現れることはなかった。

王子はひとり満天の星の下で眠りについた。


あの日、小石川植物園からマンションの下まで、父と手を繋いで帰ったが、父はそのまま家には入らなかった。知歌はハンドソープで手を洗いながら、わんわんと泣いた。


父の歯ブラシが、なかったからだ。

4本並んでいた歯ブラシが1本欠けていた。父親が自分で処分したのか、母親が棄てたのか。そのどちらであったとしても、知歌は悲しくて仕方なかった。「もっと良い子になるから」と、いなくなった父に向かって何度も懺悔した。

知歌は金鎖のブレスレットを手にしたまま、ベッドに横たわって考える。

父はなぜこの寓話を選んだのか。

どうして自分にだけ話をしたのか。

父が家を出たあの日から25年間、岐路に立つたび、何度となく考えてきた。そして考える時々で、知歌の中での結論はバラバラだった。三男は欲深い男で、欲が深すぎると何も手に入らないという喩《たと》えなのか。三男はどんな褒美よりも、自分の目で真実を確かめる信念を貫いたという喩えなのか。

3人の王子のうち、いちばん大きな幸福を手に入れたのは誰だったのか。

母は浮気をされた。そして妹も。

父は不倫をした。そしてわたしも。

3人の王子のうち、誰が最も幸福を感じていたのかは、わからない。

人生の真実を知るために、自分は引き返すことができない人間であると、父は言いたかったのかもしれない。たとえ辿り着いた真実が空っぽな自分だったとしても。

この恋の先には、なにがあるのだろう。

手首で揺れるブレスレットを、知歌はしばらく眺めていた。

## 1月15日(日)

## ひかり

ひかりが隣の部屋をノックしてドアを開けると、姉はベッドに寝転んでいた。

「寒くないの？」

ベッドの横の窓が、開けっぱなしになっている。

「寒い。閉めるわ。どうしたの？」

姉はベッドから勢いよく跳ね起きて立ち上がった。

ひかりは姉と、何もかもが真逆だった。頭脳も運動神経も優れた姉。おっとりマイペースな妹。6歳も離れているからだろうか。同じ学校に通ったこともなく、憧れて真似をするというよりは、頼りになってなんでもお願いできる存在だった。

「おねいちゃん、ちょっとお願いがあるんだけど」

宿題教えて。三つ編みして。洋服貸して。一口ちょうだい。先にお風呂入らせて。お母さんに口裏合わせて。思えばいろんなお願いを、ひかりは姉にしてきた。姉からなにかを頼まれたことが、ひかりの記憶にはない。きっとあっても、数えるほどしかないだろう。どんなときもハメを外さず、愚痴もこぼさず、誰にも頼らずに生きて、姉は淋しくないのかと思うことがある。


申し訳ないけど、家までついて来てほしい。

ひかりのお願いに、姉は「大丈夫なの？」と心配そうな表情を見せた。

「一時帰宅っていうか、ほんのちょっと帰るだけだから。生ゴミ捨てたり、植物に水もやらなくちゃだし」

おでこの擦り傷はもうほとんど目立たなくなっている。体力もだいぶ回復してきている。今週のうちには実家を引き上げて、直人とちゃんとやり直そう。ひかりはそう考えて、今日を予行演習にしようと思ったのだ。

本当はひとりで戻っても良いのだが、母が付き添うと絶対に言い出すだろう。もしも直人が早く帰ってきたりしたら、このタイミングでふたりが顔を合わせるのは良くない気がする。

「5分で用意する」

姉はそう言って、パーカーを脱いだ。ロンT1枚になっても、弛《たる》みのないしなやかなお腹だ。そのわりに胸はしっかりとあった。

姉にはコンプレックスなどないのだろう。だから結婚をしないでも平気なのだ。

「ひかりは着替えなくていいの？」

自分から誘っておいて待たせないでよ、と言われそうで、ひかりは姉の部屋の扉をそそくさと閉める。


小石川後楽園の脇道を並んでゆっくりと歩いてゆく。「タクシーじゃなくて平気？」と母も姉も不安な顔を見せたが、「少しずつ体力つけないと」と、ひかりは自分にも言い聞かせるように答えた。春日から飯田橋までは10分ちょっとの道のりだ。坂道でもないからか、息が切れることもない。久しぶりの外の空気は、ひかりの心を後押ししてくれるようだった。それでも姉は「大丈夫？」と何度も聞いてくる。

大丈夫。大丈夫。いまにも咲きはじめそうな梅を眺める姉の横顔を見て、若い頃よりも綺麗になっている気がした。

「おねいちゃんてさ、仕事忙しそうだけど、最近は彼氏とかいないの？」

「どうしたの？　突然そんなこと」

「だって、毎晩帰りも遅いみたいだし」

それなのにプリンやお菓子を買ってきてくれて、ありがとうと、お礼を言う。ひかりはいつも自分のことばっかりなようで、急に恥ずかしくなった。

「わたしは大したことしてないじゃん。お礼ならお母さんに言いなよ。プレッシャーに感じる必要はないけど、自分のこと二の次で娘の心配ばかりしてる人だからね」

姉の彼氏の話になる前に、また自分の話に戻ってしまった。それでも姉が否定をしなかったということは、きっと彼氏もいるのだろう。昔ならば、「どんな人？」って興味津々で根ほり葉ほり聞き出していた。姉が言わないということは、いまは言いたくない事情があるのかもしれない。

ひかりはそれ以上なにも聞かずに、飯田橋駅から総武線に乗った。

「日曜なのに旦那はいないの？」

信濃町の改札を出たところで、姉が聞いてきた。姉は、夫の名前をあまり呼ばない。いつもひかりが実家に入り浸っていたからでもあるが、姉が信濃町の家に来るのも初めてのことだと思った。

「ナオくんは今日も仕事だって」

不動産の営業は、土日の方が内見の予約も多くてむしろ忙しいのだ。ひかりが実家に戻ってから、直人は以前よりは連絡をくれるようになった。「ちゃんと食えてる？」なんて、心配の言葉もかけてくれる。

「ひかりは、本当に我慢強いよね」

後ろをついてくる姉が、思いがけないことを言った。

「我慢強い？　わたしが？」

姉は、「昔からそうだよ」とひかりと視線を合わさずに答える。

「笑わせようと変顔してさ、わたしが無視しても絶対笑うまであきらめないでずっと変顔してた」

ひかりは中学生の頃、同じピアノ教室に通っていたいちばんカッコいい男子に半年で3回告白したことがある。「あきらめが悪くてみっともない」と姉に咎《とが》められても、自分から告白しなさそうな姉とは、女のタイプが違うのだと、ひかりは気にも留めなかった。無邪気な我慢だった頃が、恥ずかしくて懐かしい。

マンションのポストには、チラシが無造作に突っ込まれている。3週間ぶりの帰還が、数ヶ月ぶりのようにも感じる。鍵を開けると、思ったよりも部屋は散らかっていなかった。独身時代の直人のワンルームマンションの荒れっぷりといったら、ひかりは掃除するために毎週通っていたようなものだったのだ。

直人が掃除をしてくれていたのか。それとも、やっぱり帰って来ていないのか。

「それとも」の選択肢が常につきまとい、水が足りなくて萎《しお》れ気味のガジュマルも、洗濯機に溜まっている下着類の少なさも、ひかりを不安にさせてくる。

それでもここが、わたしの生きる家なのだ。時間をかけて、直人との暮らしを作ってきた。部屋の隅々まで、自分たちで選んだお気に入りに埋め尽くされている。

「冷蔵庫の中の生モノ、あるなら捨てようか？」

手伝ってくれる姉にゴミ袋を渡して、ひかりは勇気を出して冷蔵庫を開けた。牛乳と生卵と明太子とソーセージの消費期限が大幅に過ぎている。ぜんぶ直人のために買っておいたものなのに。

「これもう、シンクに流しちゃっていいよね？」

姉は牛乳パックの口を開けて、白い液体をドボドボと音を立てて流した。

その瞬間、姉が「うっ」っと、えずいて口もとを押さえる。トイレの場所を教えると、駆け込んでいった。

トイレから出て来た姉が手を洗って、「臭ってたよ」と当たり前のことを言う。それはそうだろう。消費期限は去年なのだから。

ひかりが牛乳パックを濯《すす》いでも、そこまでの悪臭を感じなかったのは、自分のからだがまだ本調子じゃないからだろうか。

「おねいちゃん、ごめんね、大丈夫だった?」

姉は、「うん」と返事をした後に、なにか別のことを考える表情をして聞いてきた。

「ねえ、もし答えたくなければそう言ってほしいんだけど、どうして浮気しているってひかりは知ったの?」

変に気遣いのないストレートな物言いが、ひかりを平静でいさせてくれる。どれほどおっとりしていると言われても、夫の怪しさに鈍感な女なんてこの世にいるのだろうか。

「夫婦だからさ。なんでもわかっちゃうよ」

ひかりは姉の目を見て、はっきりと答えた。「だからＬＩＮＥを見たんだよ」と言葉を続けようとしたとき、玄関の扉が開いて、直人が帰ってきた。

スーツ姿であることが、ひかりはなにより嬉しかった。本当に仕事だったのだ。仕事を終えて、すぐに家に帰ってきたのだ。

「おねいちゃん、ごめん」

姉は「了解」と手をあげて、直人にチラッと会釈をし、バッグを肩にかけて帰っていく。

おかえりなさい！　おかえりなさい！

久しぶりの胸板にもたれかかるようにして、ひかりは全力で夫に抱きついた。

## 1月15日(日)　ヨウ

「カレーでも作る?」

録画していたアメリカンフットボールのゲームを見ながら、淳哉が言った。ヨウはソファに横になり、クッションを枕にうとうとしていたのだ。

「お昼が遅かったから、まだお腹空かないよね」

「そう?　俺はちょっと空いてきたよ」

時計を見ると、もうすぐ8時だ。そりゃお腹も空くはずだ。うたた寝をしていた自分を起こさないようにと思ってくれたのだろう。

「キーマカレーなら、すぐできるから」

ヨウはむっくりと起き上がる。

ふたり揃ってのんびりとできる週末は、そう多くはない。これからますます貴重になっていくのだ。

「病は気から」とは、よく言ったもので、昨日の受診で検査結果を聞いてから、からだがなんだか、いきなりだるくなった。転移しているのだから、恐らくは数年前、どんなに進行が早かったとしても、半年前には、既にヨウの中に「がん」はあったはずだ。

それでも昨日の朝までは、自分は「がん患者」ではなかった。

少なくとも広尾駅前からバスに乗って、病院に向かう道では。青山墓地の木立も、赤坂御所と外苑の緑も、いつも通りの美しさだった。見慣れた景色を「がん」とは無縁の人間として見つめていたのだ。

それからわずか数時間後で、末期の「がん患者」になっていた。

人は、自分のからだにがん細胞があるかどうかではなく、医者に宣告されるから「がん患者」になるのだという事実が、ヨウは不思議に思える。もしも受診日が週明けであったならば、今夜はまだ「がん患者」ではないのだ。

知らなければ、「がん」は存在しないも同じこと。

そう思うと、ヨウは淳哉に伝えるタイミングを、できる限り先延ばしにしたいと思ってしまう。

ニンニクを刻んで、低温のオリーブオイルで香りをつける。フライパンひとつででてきてしまうのがキーマカレーの良いところだ。そこにフードプロセッサーでみじん切りにした大量の玉ねぎ、生姜、人参、セロリ。野菜の水分を飛ばしたあと、火力を少し強めて挽肉を炒め、色が変わってきたところで、スパイスを各種振り入れた。そこに缶詰のあさり、グリンピース、トマトの水煮を投入し、あとはぐつぐつと20分ほど煮込むだけ。淳哉はキーマカレーが好物で、ヨウはアレンジしながらレシピを完成させた。隠し味に入れるために、今夜は赤ワインを開ける。

アメフトが終わって、淳哉がテレビをNHKに切り替えた。お正月からはじまったばかりの大河ドラマに青子が出ている。彼女のように40歳を過ぎてから活躍の場が広がる女優は稀有な存在だ。ヨウは着物のスタイリングはしないので、自分の仕事ではないものの、テレビに青子が映ると、ついつい衣装を気にしてしまう。

うん。山吹色の小紋がよく似合っている。

昼間、蕎麦屋で会った青子と、テレビやスクリーンに映る彼女は、驚くほど印象が変わらない。そういう女優もまた稀有だった。

青子はいつも飄々《ひょうひょう》としているが、どこか無理をしているような気がするのだ。笑顔の合間のふと気を抜いた瞬間に、彼女の気持ちが海の底まで沈んでいくように感じることがある。

「青子ちゃん、ちょっと元気なかったよね」

淳哉がワインを飲みながら、ぼそっと言った。人に見せようとしない心根まで窺う。それが彼の仕事柄なのだろう。会話の行間にも、淳哉は耳を傾ける。

「ロケの疲れもあったんだろうけど……あの子は自分が気を遣っていることを、相手に気づかせないようにさらにまた気を遣うような子だから。本当にツラいことは絶対に話さないしね」

ヨウはカレーを運んでいた手を止めて、テレビの中の青子をみつめた。誰かに聞いてもらえるだけで楽になれるのは、自分のことだけなのかもしれない。

仕事がきつい。子育てがしんどい。旦那がひどい。介護がつらい。

つらい状況にいる自分が「一瞬でもどうにか報われたい」と思うから、苦しい胸の内を誰かに聞いてほしいと人は思うのだ。青子が言わないということは、強がりなだけでもないのだろう。きっと報われたいとは思っていないのだ。

ヨウは淳哉にワインを注ぎ足そうとして、突如激痛が走った。場所はいつもと同じだったが、痛みの度合いが比べものにならない。微動だにできず、カレー皿の上にボトボトと赤い液体が溢れていく。

その光景を最後に、ヨウの目の前は緞帳《どんちょう》が降りたように真っ暗になった。

# 1月16日(月)

## 莉里

小学校の教室の床が好き。板を４枚並べて正方形の１枚のタイルになって、縦と横の向きが交互に規則正しく並んでいる。

４年３組の教室には、１９５６枚の板があるよ。

莉里がこっそり伝えると、「すご」とママは答えた。

教室にママとふたりでいる。いつもとは違うそのシチュエーションが、莉里をそわそわさせた。今日のママは入学式で着ていた紺色のワンピース姿だ。髪の毛はひとつに結って、メイクもいつもとは違っていた。

「すいませんね、お待たせして」

　担任の重田先生が、ノートパソコンを抱えて教室のドアをガラッと開けて入ってきた。ポロシャツの上は、さっきまでのジャンパーではなく、ジャケットに着替えている。

「個人面談というほど、大袈裟なものではないんですが……ざっくばらんに莉里さんの進路を、今日はお話しできればと思いまして」

　担任教師の言葉を、ママは表情を変えずに聞いている。

「莉里さんも、もし僕の話がわかりづらければ、質問していいからね」

　今度は莉里の方を向いて付け加えた。

「子どもの可能性というのは、計り知れぬものです。莉里さんの学力、とりわけ計算能力と記憶力がすごい。そしてここのところ、探究心に幅が出てきたように見受けられるのです」

　重田先生の続く言葉を待つように、ママは小さく頷く。

　莉里は小さい頃からおばあちゃんに預けられるたびに「変な子だね」と言われてきた。母親を恋しがらない様子に「不気味な子だよ」とも言っていた。未成年なんかで産んだから。父親がいないから。それが原因だと、おばあちゃんのぼやきはいつも同じことの繰り返しだった。

小学校に入っても、莉里は友だちがいなくても平気だった。放課後の図書室で、ひとり本に没頭するのを楽しんだ。

校医の先生からは、自閉スペクトラム症と診断されている。友だちに興味を示さない。興味を持つ対象が極端に偏っている。

「障害と個性の境界線は曖昧です」

莉里は難しい単語を使う校医の先生を、「すご」と思って見ていた。「すご」はママの口癖で、良い時にも悪い時にも使う。

説明が終わった後、ママはなにも言わなかったので、莉里も聞かないことにした。


重田先生は出力した資料を机に並べる。

「莉里さんは、教育大付属の中学を受験されてはどうかと思います。画一的なカリキュラムよりも、莉里さんの能力にリミッターをつけない教育が望ましいと僕は考えていましてね」

もちろん本人と母親の意向で決めるべきで、超難関といわれる狭き門ではあるが、いまから準備していけば可能性は十分にあると思う。一点、地域の公立中学と比較すると、費用がかかる。学費、教材費、加えて交通費を考えると、それはご家庭にとっては大きな負担であると思うと、先生は話した。

「お金は用意します」

ママが小さな声で答える。

莉里はドラマでよくある「身代金を準備する」みたいな台詞だと思った。重田先生も、少し驚いた顔をして、まだ時間はあるので、莉里さんとよくよく話し合ってみてくださいと、資料のプリントを封筒に入れて渡してくれた。

中学1年生になる4月1日は、今日から893日後の火曜日。莉里は頭の中で、その日をちょっと楽しみに思う。

校庭の隅を歩きながら、

「とてもいい先生だね。おじさんだけど」

ママが嬉しそうに言った。莉里もうなずいて、

「お金って、どのぐらい高いの?」

「そんなこと、莉里が心配しなくていいよ」

サッカークラブの男の子たちが、莉里と並んで歩くママの姿を珍しそうに見ている。

「パンケーキ、食べて帰ろうか」

ママが莉里の手を握って、ぶんぶんと大きく振った。

今晩の子ども食堂のメニューはなんだろうか。いまから食べたら、夜までにお腹が空かないかもしれない。先週の土曜日に「また明後日いらっしゃいね」と言ったおばちゃんの顔を、莉里は思い出していた。

## 1月16日（月）

## 美智子

次女の小学校時代のママ友とランチの約束があった。美智子はそれを当日の朝になって、何度も謝ってドタキャンしてしまった。こんなときに娘の話をしたくないし、よその娘さんの話も聞きたくない。

〈今日は帰るつもりだったけど、おかげさまで体調も戻ってきたし、ナオくんもいるから大丈夫です〉

昨日の午後、ひかりが自宅から戻ってこなかった。なんで引っ張ってでも連れて帰らなかったのかと、同行していた知歌をなじったが、

「夫婦のことなんだから、わたしたちがどうこう言ったって仕方ないでしょ」

と、あっさりと言われてしまったのだ。

「あんな下劣な行為を知りながら、そんな……」

美智子が思わず義息の悪口を漏らすと、

「浮気相手のことまでは知らない可能性があるのに、わざわざひかりに伝える方がよっぽど鬼でしょ。調査だってお母さんが勝手に頼んだんだから」

長女の言い分には返す言葉が見つからず、次女のメールにどう返信すべきか見当もつかず、美智子はベッドに入ってからも、何度となく寝返りを打つ羽目になった。

ひかりは医者に行かない条件として、回復するまでしばらく実家で療養すると言っていたのに。ようやくごはんを口にするようになってきたのに、ここで逆戻りしたら元も子もない。

午前中に掃除機をかけたひかりの部屋には、スマホの充電器がコンセントに挿さりっぱなしになっていた。おいしいと食べていたあずき粥もまだ残っている。過保護と煙たがられても、訪問の口実にはなるかもしれない。

信濃町のマンションの扉を、娘は拍子抜けするほどあっさり開けた。前回のように追い返されたらと、心配していたのがバカみたいだ。

ひかりはたしかに顔色も悪くなかった。表情もどこか明るい。美智子が充電器とタッパーの入った紙袋を手渡すと、

「お茶でも飲んでいく？」

と、娘が籐籠の中から客用のスリッパを出してくれる。きれいに片づけられた部屋は、幸せいっぱいの夫婦が暮らすのにふさわしく、美智子は胸が締めつけられた。

「お母さん、アールグレイでいい？」

紅茶を淹れる痩せた娘の弱々しい後ろ姿に、腹立たしいような、情けないような気持ちになる。

「今後のこと、直人さんとちゃんと話せたの？」

義息の名前を口にするのも苦痛なのだ。口調が少しキツくなってしまったか。不用意に刺激するのは得策ではないのに。美智子がそう思った瞬間、振り返った娘の目の色が変わった。

「今後ってなに？　わたし別れるつもりなんてないよ」

ひかりは、耳まで真っ赤にして言い放った。「冷静であれ」と、美智子はあれほど繰り返したのに鼓動が一気に速くなる。火にかけっぱなしの赤いル・クルーゼのケトルから、お湯が勢いよく噴きこぼれている。

「夫婦なんだからいろいろあるでしょ？　そんなのお母さんがいちばんよく知ってることじゃない！」

いろいろある。確かに夫婦には、良いことも悪いこともある。

だけどあなたの「いろいろ」と、わたしの「いろいろ」は違う。

美智子は自分の手の甲をじっと見つめた。ハンドクリームで毎日欠かさずケアはしているが、皺もシミもたくさんできた。若い頃は「白魚のような手」と褒められたものだが、いまどきはそんな表現を使う人もいないだろう。

左手首の大きなシミは、夫のお弁当にと、烏賊《いか》の天ぷらを揚げて油が跳ねたときにできた火傷のあと。右手の小指の傷は転びそうになった知歌の自転車をかばったときにえぐれたもの。忘れ去った遠い記憶も、この手にはしっかりと印されている。

「お母さんなんてずっと別居じゃん。自分が離婚できないくせに、娘に押しつけないでよ……」

直人は、お母さんたちが思っているほど、明るくて強い人じゃない。仕事も新規契約のノルマに追われてストレスが多い。わたしには心配かけたくなくて、言えないこともあると思う。

必死に弁明をはじめたひかりに、美智子はたじろぐ。

「ナオくんはわたしのこと、ずっと心配してくれてたんだって。昨日それが聞けて、なんかそれだけで報われた」

あの分厚いファイルを、このテーブルの上に載せてやりたい。美智子はまだ、ファイルを最後まで見てはいない。義息には罪悪感など微塵もないと、数ページ見ればわかったからだ。歩けないほど痩せ細った娘を実家に連れ帰ったとき、義息はどこで何をしていたのか。

「よかったじゃない……」

美智子が精一杯の言葉を絞り出すと、娘は涙をひとすじ流した。

ひかりが自分の気持ちを吐露するのは、実家ではなかったことだ。それならば、この家に戻ったのはよかったのかもしれない。たとえそれが三文小説や、安っぽい昼ドラのヒロインみたいな台詞だとしても。

「お母さんにたくさん迷惑かけちゃって悪かったけど……わたし拒食症じゃないんだ。ハンガーストライキをしてたんだよね。ナオくんにわかってほしくて。浮気とかバカなことやめてほしくて……」

美智子は、耳を疑う。

ハンガーストライキ?

我が娘の愚かさに、怒りで気がおかしくなりそうだった。今度は美智子の耳がみるみると赤くなっていく。

いや、我が娘だから愚かなのか。

美智子は心の奥底に決して消えることのない冷えた塊が、じんわりと熱を帯びるのを感じる。

わたしも消えてしまいたいと思った。

夫の愛が偽りだったと知ったとき。

妻の他に愛する人がいると聞いたとき。

夫の気持ちは、もうどうにもならないと知り、幼い娘たちがいてくれなければ、自ら命を絶っていたと、いまになっても思う。

「そんなバカなこと、二度としないでちょうだい」

美智子は立ち上がり、娘の細い肩を抱きしめた。

「毎日ごはんを作って、お母さんが一生懸命育てたのよ。ひかりのからだは」

娘のマンションを出ると、15時半をまわっていた。ボランティアに向かうには、まだ30分ほど早い。エントランスの集合ポストには「302号 福吉」というプレートが貼ってある。見慣れない肉筆は直人のものだと思うと、美智子は思わず目を背けた。とりあえず駅まで行ってしまおう。

あるこう　あるこう　わたしはげんき
あるくのだいすき　どんどんいこう

無意識に口ずさんでいた歌は、昔、娘たちと一緒に歌ったものだった。

信濃町の駅まで、歩き慣れていない道は、どんどん行くことはできない。そしてわたしは元気でもない。

美智子は立ち止まってスマホを取り出し、通話履歴をひらく。ひかりが吐いた暴言は図星なのかもしれないと思う。情けない母親だと娘に思われても仕方ない。いつまでも離婚できない夫の電話を鳴らした。

## 1月16日(月)

ヨウ

目が覚めると、見覚えのない薄いブルーのカーテンがベッドサイドに吊るされている。ヨウはここが病院であることはわかったが、どこの病院なのかはわからない。右腕にも、左腕にもテープで固定された点滴のチューブが繋がっている。
乳がん。キーマカレー。赤ワイン。
自分の記憶を辿りきる前に、カーテンが揺れて淳哉が入ってきた。スーツを着ているということは、日付が変わっているのだろう。こんな状況でも真っ先に目がいくのが洋服だなんて、深刻な職業病だとヨウは自分が可笑しくなる。
「気分はどう?」

足先までからだの感覚を確認し「なにがなんだか」と答えた。痛みはない。気分も悪くない。痺れみたいなものもない。チューブからは、鎮痛剤も入っているのだろう。

入院なんて、高校以来のことだ。

体育祭の騎馬戦で、アキレス腱を切ってしまった。あのときもいちばんにお見舞いに来てくれたのは淳哉だった。40年経っても、同じ人にまた励まされている。

「ごめんね。仕事は大丈夫？」

「謝るなよ。起きたって、看護師さんに伝えてくる」

淳哉はヨウの手をそっと離した。


測ってもらったバイタルサインは、概ね安定しているようだった。

今日は1月16日の月曜日で、ここは信濃町の大学病院の大部屋。ヨウは少しずつ自分の置かれた状況がわかってきた。まだわからないのは、なにが原因で倒れたのか。そして淳哉は病状をどこまで知っているのか。

「担当医がのちほど回診しますが、痛みが出たり気分が悪くなったら、すぐにコールボタンで呼んでください。面会の方は18時までとなってますから」

ハキハキと喋る看護師は、事務的な連絡を残して去っていく。

淳哉がヨウの隣にスツールを戻して、腰をかけた。快適とはいえない座り心地だろう。高校の頃より、だいぶがたいが大きくなった彼には、スツールがやけに小さく見える。

「医者にも看護師にも、なにも教えてもらえなくてまいったよ」

ヨウは電動ベッドを少し起こして、ペットボトルの水をストローから飲んだ。

「うん。いつ話そうかと、考えていた」

日本の病院では、本人と家族以外の人間に病状を伝えることはタブーとされている。個人情報保護のためだとしても、「身内」という敷居が残酷な場合だってあるのだ。

付き添いではなく、面会者。

どんなに長く一緒に暮らしていても、法的に離婚をしていない淳哉とは、内縁という関係にも当たらない。確かにこんな状況は「まいった」という言葉以外に見当たらないなと、ヨウも思った。


できることなら淳哉に打ち明けるのは、家が良かった。いつもどおりの感じで、コーヒーでも淹れて、なるべく重くならず。そう思いながらも、いつまで経っても自分からは言えなかったとも思う。ヨウは息を深く吐いて、観念する。

「乳がんを原発としたがん細胞が、他にも転移している。ステージ4だって」

人間は本当にショックを受けた瞬間、リアクションができない。淳哉の表情にも、変化はなかった。ヨウは逆じゃなくて良かったと、淳哉の顔をじっと見つめる。淳哉から末期がんを告白されたら、耐えられそうにない。

この薄いブルーのカーテンの向こうには、どんな人が寝ているのだろう。迫る死の影を感じている人も、病気を無念に思う人も、いるのかもしれない。

声が漏れないようにと、ヨウは淳哉に近づいた。

淳哉は何も言わないまま、立ち上がってヨウの肩を抱く。彼の背中に腕を回したくても点滴のチューブが邪魔をする。かわりに淳哉の胸に、息ができないほど鼻先を押しつけて、この体温も体臭も自分に染み移ってほしいと願う。


もっと早くに受診していれば。

そう思わないわけではない。無理がきかなくなった。疲れやすくなった。前ほどは食べられなくなった。なんだか顔色もすぐれない。

歳だから、仕方ない。そのひとことで、すべて片がついてしまったのだ。お尻が垂れたり、肌にハリがなくなるのと同じこと。

加齢に不自然に抗いたくない。

物心がついてから、外見に惑わされ続けたヨウにとって、美意識というには軽すぎる、信念に近いものだった。老化を受け入れる覚悟の裏で、「がん」を好き勝手に進行させていた。

カーテンの向こうから声が聞こえる。

「瀬島さん、いかがですか?　失礼しますよ」

返事をする間もなくカーテンは開き、手を握り合うヨウと淳哉を見て、まだ若くて真面目そうな白衣の男は、驚いたように眉をひそめた。

## 1月16日(月)

### ひかり

なぜあんな酷いことを言えてしまったのだろうか。

母親に放った言葉が、ひかりの心を何度もえぐってくる。言葉は時間を超えて何度でも相手を傷つけるから厄介なのだ。

夫婦仲を取り繕うほど、夫を擁護しようとするほど、虚しさが押し寄せる。そのくせ直人といる嬉しさを感じる自分に、無性にイライラする。相手の女に怨念を膨らませながら、直人への愛情は呆れるほど減っていかないのだ。直人の妻である以外に、自分が生きていたい理由も見当たらなくなっている。

母親が帰った後、じっとしていられなくて、洗面台で口を濯ぎ丁寧に歯を磨いた。

ついでにたいして汚れてもいないシンクまで、ピカピカに磨いた。

　重曹をお湯で溶かして、掃除用の使い終わった歯ブラシで丁寧に擦る。ステンレスの蛇口は、歯磨き粉を使って磨く。すべてが母に教わった方法だと思うと、ひかりは余計にいたたまれない気持ちになる。掃除に没頭していたら、直人からのＬＩＮＥにも気づきそびれてしまった。

「終電になる」というので、さすがに夕飯は食べてくるのだろうが、冷蔵庫に食材はほとんど入っていない。朝食用の卵とパンぐらいなら、さして重くもないだろう。とりあえず外の空気を吸いたい。からだに溜まる淀んだ空気を思いっきり吐き出したい。小妻としての感情のやり場を見つけられず、ひかりは冷蔵庫の扉をバタンと閉めた。小さめのエコバッグを準備して、久しぶりにちゃんとメイクをしてやろうと思った。

　磨き上げた洗面台の前に立ち、自分の顔をまじまじと見る。顎から首にかけてぽってりとついていた脂肪も、笑うと盛り上がった頰の贅肉《ぜいにく》も、鏡の中に見当たらない。

　もう水戸光じゃないのだ。横綱でもない。

　子どもの頃から「痩せたい、痩せたい」と口癖のように言い続けたわりに、ダイエットは続いた例《ためし》がない。念願叶ってようやく痩せたら、果たして可愛くなったのだろうか。こけた頰にピンクオレンジのチークをのせると、急におばさんになった気がした。

2枚重ねた靴下にボアブーツを履いて、部屋の鍵をかける。不健康な身に寒さがこたえるのは相変わらずだが、駅までの上り坂は、体力が回復してきていることを教えてくれた。年末は坂道を上るだけで、息を切らす有様だったことを思えば。信濃町駅に続く千日坂を上りきったところで、ポシェットの中で着信音が鳴った。

ひかりはすぐにスマホを見ると、父からのショートメールだった。

「信濃町にいるんだけど、これから会えないか？」

父に会うのは半年ぶりぐらいだろうか。外苑東通りに出たところで返信をすると、「10分で行く」とすぐに父から再びメールが入った。

……お母さんめ。

このタイミングは、母親が父に話をしたのが明らかだ。

「ひかりと直接会って話をしてくれ」とでも、父親に頼んだのだろう。

権田原《ごんだわら》の交差点を渡り、外苑の杜《もり》に入っていく。父とふたりで並んで歩くのは、ヴァージンロード以来かもしれない。「お茶でもするか」と言われ、ひかりは頷く。「お茶っていう時間でもないか」と、父はすぐに、外苑のキハチ青山本店に予約の電話を入れた。

隣を歩きながら、この人もモテただろうなと、ひかりは横目で父を観察する。直人のようにハンサムではないけれど背が高くてがっしりと男らしくて、歩いているだけで様になる感じ。弁護士だし、物腰も柔らかいし、きっと女性にも親切なのだろう。

「体調はもう大丈夫なのか？」

父からの問いに、思ったとおりの筒抜けだ、とひかりは思った。

紳士的な物言いではあるが、妻子を捨て、別の女と暮らすことを選んだ男だ。母方の祖父母は、亡くなるまで父を許すことはなかった。それでも母は別居してからもずっと、ことあるごとに父を頼り、なんでも相談する。その矛盾だらけの関係が、ひかりには意味不明であり、半ば八つ当たりのように母をなじってしまったのだ。

銀杏並木の先に、レストランの灯が見えた。

カジュアルシックな店内に、ちゃんとメイクをしてきて良かった。綺麗な女性たちが店内に案内されていく。コートを脱ぐとひかりは黒のタートルニットにウエストはゴムのロングスカートだったが、座ってしまえばさほど気にならない。

「こんな時間に仕事はいいの？」

メニューを開きながら、ひかりは父に聞いた。

「電話が入ったらちょっと席を立つかもしれないけど、大丈夫だよ」

アラカルトで軽めの料理をシェアしたいと、父は店員に伝える。そしてその穴埋めをするように、２万円を超える赤ワインをボトルで頼んだ。

父とふたりきりで食事をするなんて、初めてじゃないだろうか。ひかりには、父が家にいた頃の記憶が薄いぶん、恨みも執着もなかった。

「ちょうど近くに用があってね。まさか本当に会えるとは思わなかったよ」

どんなに祖父母が怒っても、姉に憎まれても、母が断固として別れないこともわかる気がする。

「お母さんがずいぶん心配していたけど、まぁいつものことだしな」

なんだろう。声を聞いているだけで、安心できるような気にさせるのだ。ひかりは運ばれてきたポタージュスープをひとくち、スプーンで口に含む。家庭料理とは違う華やかな味がした。

何ヶ月ぶりかの外食に、ひかりの食欲が刺激された。父がオーダーしたソフトシェルクラブのフリットには、魚卵が混ざったタルタルソースが添えられておいしそうだ。

「信濃町でお父さんは仕事だったの？」

スーツ姿を見れば、聞くまでもない質問だった。だが父は一瞬の間を置いて、首を振った。嘘が下手というより、つきたくないのだろう。仕事と誤魔化されても、それ以上の追及はしないのに、不器用な人なのだ。

仕事でなければ、女か。

父もやはり男なのだ、とひかりは思った。

ガス入りの水をちびちび飲みながら、思い切って聞いてみる。

「こんな話もアレだけど、お父さんはなんで浮気をしたの？」

父は表情を変えずに、手に持っていたフォークをナイフレストに戻した。

「お母さんのいないところで、僕が喋るのはルール違反になるかもしれないが」

父はそう前置きして「ひかりの疑問には答えたいと思うよ」と、ナプキンで口もとを拭いた。

「なんでと聞かれたら、自分を偽って生きるのが苦しかったから。だったら、なんでお母さんと結婚なんてしたのかということだよね？　ひかりが聞いているのは」

ひかりは、黙ったまま、父を待った。

「若気の至りで許されることじゃないけど、なにもわかっていなかった。当たり前だけど、一生大切にしたいと思ってお母さんと結婚したんだ」

だったらなんで浮気ですか？　ひかりは喉もとまで溢れる言葉を唾液と一緒に飲み込む。

「自分が本当はどういう人間なのか、結婚したあとに自覚していった。もっと早くに気づいていたら……という仮定に意味はないけど、お母さんも、ひかりたちも、こんなに苦しめるようなことはしなかったよ」

「じゃあお父さんは、本当はどういう人間だったっていうの？」

父はワイングラスに口をつけて、しばらく考えているようだった。

「お母さんを大切に思っても、幸せにできる人間ではなかった。なにを無責任なと、自分でも呆れるけど」

ひかりはため息をついて、水をひとくち飲んだ。

父に嘘はないのだろう。できる限り、自分の本心に近い言葉を選んで話しているのがわかる。そして嘘がないというのは、なんて残酷なのだろうか。

「お母さんの幸せなんて、お父さんが決めるもんじゃないじゃん。単純に結婚した後で、お母さんより好きな人ができちゃったってことでしょ？　自分の浮気をずいぶんとキレイに喋ってるけど」

勝手に浮気をしたくせに、「君は何にも悪くない」と愛する夫に言われたら、女はなにもできないじゃないか。夫の心移りを眺めることしか、妻は許されないとしたら。母親のやりきれなさが、ひかりは初めてわかる気がした。

妻なのに、蚊帳の外ってどういうことだ。

直人の浮気の原因は、絶対にわたしであってほしい。

そうでなければ結婚など、なんの意味もなくなってしまう。

「すまない。ひかりの言うとおりだな」

父はワインではなく、グラスの水をごくごくと飲んだ。

父と母は籍を抜かなかった。いまだに生活費も父が負担している。そこまでしても浮気を続ける父が、直人と重なるようでひかりは腹が立ってきた。もっともらしいことを言いながら、父の身勝手は、両方の女性を傷つけてきたんじゃないか。

「お父さんはお母さんより彼女を選んだのに、その人といまのままでいいの？　相手の人だって、いい加減離婚しろよって思うよね？」

家を出た父が「ひとり暮らしではない」と知ったとき、さすがにひかりもショックだった。中学2年生ぐらいだったと思う。二十歳《はたち》になっていた姉は「子どもを捨ててまで出ていったのだから、そりゃ女がいたでしょ」と至ってクールだった。

ずっと同じ相手なら、母親よりも長く一緒に暮らしているのだ。それはもはや浮気とかいうレベルじゃない。むしろ気の毒に思えるほどだ。

「いまのままでいいんだよ」

父の言葉が、彼女の代弁なのか、男のエゴなのか。

「うーん。よくわからないけど、なんか男って、ズルいね」

ひかりはスープを飲んだだけで、それ以上の食事には手をつけられなくなった。

## 1月16日(月)　莉里

今晩は、半分だけください。

莉里はお鍋に溶き卵を落としているおばちゃんに伝えた。

「あら、莉里ちゃんお腹空いてないの？」

子ども食堂は18時からはじまって19時半で終わりだ。それでも食べ終わっていなければ、「ゆっくり食べていい」と言ってもらえるので、莉里は最後まで残ることも多かった。みんなが帰ってからの方が、落ち着いて食べられたし、おばちゃんともゆっくり話せる。

「3時にパンケーキを食べたから」

莉里が言うと、「良いわねぇ。ママと？」とおばちゃんが微笑んだ。

今日の放課後、学校で三者面談があった。担任の重田先生が莉里の進路の話をして、帰りにはママがパンケーキ屋さんに連れていってくれた。いつもはコーヒーしか頼まないママが、今日はめずらしく注文していた。

バナナが横に添えられているリコッタチーズのパンケーキ。

イタリア語で「リ」が「再び」で「コッタ」が「煮た」。莉里が意味を聞いたら、ママがスマホで調べてくれて、再び煮たチーズが、リコッタチーズなのだと知った。再び煮たチーズを再び焼いて作ったパンケーキ。莉里の苺のパンケーキと、半分ずつして食べたら、お腹がパンパンに膨れてしまったのだ。


今夜のメニューから、卵のスープといんげんの和え物をお皿によそってもらって、中華丼はお持ち帰りにしてもらう。

「うずらの卵だけ取り出せば冷凍もできるから便利よ」

おばちゃんの教えを、莉里はピンク色のノートに書き込む。うずらの卵は冷凍不可。

ものの5分で食べ終わった莉里は、台所でお皿拭きを手伝った。

「今日はママがお休みだったんだけど、夜から別のお仕事に行ったんだよ。友だちのカフェみたいなお店を手伝うんだって。莉里が中学を受験するから、これからママはもっと働くんだって」

「莉里ちゃん、中学受験するんだ」

おばちゃんは、ちょっと驚いたような表情をした。

「お金がかかるって先生は言ってたよ」

おばちゃんは、お皿を洗っていた手を止めて莉里の顔を見る。

「子どもはお金の心配なんかしなくていいのよ。それは大人の仕事なんだから」

どうしてなの？　と聞こうと思ったけど、その質問の答えはなんとなくわかる。莉里には、まだ自分でお金を稼ぐことができないからどうしようもないのだ。

「ママにも同じことを言われた」

お金の話をすると、ママの元気がちょっとなくなる気がする。莉里の家にはパパがいない。「未婚の母」と、おばあちゃんに言われるやつだ。「かわいそうだね」と、保育園でも小学校でもささやく人はいたけれど、ママがいるから、別にかわいそうじゃないと思う。莉里はお小遣いも欲しくないし、洋服やゲームが欲しいと思うこともない。図書館で本を借りれば、家でひとり留守番をするのも退屈じゃなかった。

「だけどママがもっと長く働くのはかわいそうだよ」

莉里がそう言うと、おばちゃんは「そうだね」とわかってくれた。

「でもさ、娘のためなら頑張れちゃうのがママなんだよね。それがママのしあわせなのよ」

おばちゃんは「お手伝いありがとう」と言って、莉里の頭を撫でる。こんなに撫でてくれるのは、この世界でママとおばちゃんだけだ。

「莉里ちゃんは将来どんなことしたいの？」

しばらく考えてみたけれど、莉里は思いつかなかった。将来というものがうまく想像できない。将来って３６５日後の火曜日のこと？　１８６２日後の月曜日のこと？

「わかんない、です」

莉里はノートに「Ｑ」と書いて、「将来どんなことをしたいか？」と質問だけを書いておいた。

帰り道、莉里は月を探したが、ビルに隠れているのか見つけられなかった。

背中がほわんと温かい。「今晩も多めに作ったから」と、おばちゃんがママの分も中華丼の具をジップロックに入れて持たせてくれた。ラップに包まれた白いごはんと、一緒にリュックに入っている。

子ども食堂は、ボランティアで運営されていると、前に聞いたことがある。ボランティアというのは、「喜んでする」という意味だと、そのときにおばちゃんが教えてくれた。

わたしが、喜んでしたいことは。

中学校ならば、教えてくれるのだろうか。中学生になっても、子ども食堂に行ってもいいのだろうか。目黒川にかかる大崎橋を渡りながら、莉里はふと立ち止まった。

お料理のお手伝いが、もっとできるようになりたい。

食べ終わった食器を運んだり、洗い終わったお皿をふきんで拭くのはできる。山芋を擂りおろしたり、簡単なことなら莉里にもできる。できることが増えるのは嬉しい。

「残さずに食べてくれるのが、いちばんのお手伝いよ」

それがおばちゃんの口癖だった。だけどクラスの女子の中には、クッキーを焼いたり、自分でお弁当を作ったりできる子もいるのだ。おじちゃんとおばちゃんのお手伝いなら、莉里は喜んでしたいと思った。

## 1月16日(月)

## 知歌

同じようなサイズのトートバッグでも、その中身は女の生き方によって異なる。知歌の場合は、文庫本や仕事の資料の代わりに、この2ヶ月は化粧ポーチが幅をきかせるようになっている。

知歌は残業を切り上げて、買ったばかりの真新しいグレーのバッグを肩にかけた。トートバッグを買うなら黒か茶の2択。

大学を卒業しそのままロースクールに通ったが、4年連続で司法試験に落ちた。弁護士の夢が破れて、無骨なロイヤーズバッグへの憧れもとっくに捨てたはずなのに、どこか未練がある証拠だった。

用事があって、お正月休みに百貨店を覗いたときに、たまたまこのバッグを見かけて、知歌の中のモヤモヤしたものが晴れていく気がした。

スウェードの明るいグレー。

嵩張る書類やノートパソコンを入れたら、すぐに革が伸びてしまいそうなところが気に入った。仕事が終われば、持ち歩くのは化粧ポーチとお財布だけでいい。あの頃とは違う自分を、いまは生きることにしたのだから。

事務所を出ると、乗客を降ろしているタクシーが停まっている。青山一丁目から外苑前までは、５００ｍしかない。銀座線でひと駅。歩いても10分とかからないのに、タクシーを使うなんてどうかしている。知歌は乗ってしまいたい気持ちを抑えて、２４６を渋谷方面に向かって足速に歩き出した。

いまの知歌は1分1秒でも惜しいような気がしてしまう。

ホテルのエレベーターを待つのさえもどかしく、いつもの部屋番号のチャイムを鳴らした。

扉が開くと、声を漏らす前に唇はふさがれ、そのままベッドに倒れ込んだ。関戸の体温が、寒空の下を歩いてきた知歌を一気にあたためる。からだを重ねるのは3日ぶりで、それを久しぶりだと感じるほどになっていた。

関戸の首筋にできる細かい皺を指で辿ると、知歌は「これはリアルな出来事だ」と思える。この人は映画監督の関戸正高なのだ。

なぜわたしを？　セックスなんて、付き合い程度にしかしてこなかった。女優のように取り立てて美人でもない。若いからだでもない。特別な才能があるわけでもない。弁護士になれず、パラリーガルに甘んじている。何者かになりたいくせに、次の一歩を、もう何年も踏み出せずにいる。

なぜこんなにも、退屈な女を？

だけどその答えを、いまは聞きたいとは思わない。

もうしばらくは、「なぜ？」の自問に酔って生きていたい。関戸に抱かれることは、自分には価値があると感じられる最たるものなのだ。価値のある男に選ばれたという優越感で、知歌はなにより気分がよかった。

「この時間なら、あの地下のビストロかな」

ランジェリー姿でメイクを直す背後で、関戸が煙草を咥《くわ》えている。くすぐったいCAMELの香り。男の人は楽でいい。さっきまで裸でいたのに服を着るだけで外に出られるなんて。関戸はカシミアのイージーパンツをはいて、ダークグリーンのニットがよく似合っている。

「いいな。わたし、あそこのお店好き」

知歌はブレスレットに合わせて自分で買った、小さなダイヤのついたフープピアスをつけた。実家暮らしで堅実に貯めたお金も、似合っているならば惜しくない。

外苑のスタジアム通りは、夜になると人通りが少なくなって、すれ違うジョガーも中年の恋人に目を向けたりはしなかった。こんなに有名な監督でも、意外と気づかれないものなのだ。もしも戸鳥青子と並んで歩いていたら、誰もが関戸だと気づくのかもしれないと知歌は思う。

「原作があった方がいいタイプと、原作がない方がいいタイプと監督も分かれるんだよ。俺はない方がいい。真面目なヤツほど、原作との距離感が近くなりすぎるんだ」

関戸は寡黙そうに見えて、映画については本当によく喋る。

「そんなに真面目なの？」

知歌がからかうように言うと、関戸が腰を抱いてきた。

「でも原作から自分でやるとテーマが似ちゃうんだよな。俺が作るのは世の悪意に翻弄される側の話ばっかりだ」

そうか。だからなのだ。知歌は腰を抱く関戸の手にぎゅっと自分の手を重ねる。

確かに『濁流に泳ぐ人』で描かれたのも、親に振り回され、社会に傷つけられた娘だった。

「それって関戸さん自身の経験を下敷きにしたテーマなの？」

「いや、どうだろ。俺に大したトラウマがあるわけじゃないけど」

トラウマ。コンプレックス。

そんな言葉が、知歌はとても嫌いだ。

乗り越えるもの、という前提を感じるのだ。その強迫観念がたまらない。自己消化できず、過去に囚われ続けるのは幼稚であり、時間の無駄だ、未熟な証拠と。

「本当にすごいなぁ。体験してなくても、あんな傑作を作れちゃうなんて」

関戸の手には魔法がある。腰に置かれた大きな手は、知歌の中にある鬱屈した過去を、不思議と消し去ってしまうのだから。

仙寿院の交差点に出て、外苑西通りを左に折れる。

重厚な木の扉を開けると、地下にビストロがあるとは誰も思わないだろう。知歌だって、関戸に連れてこられるまでは知らなかった。裸電球が何本もぶら下がる店内は、こぢんまりして洒落ている。こういうお店を知っているのは、さすが業界人だと思う。

スパークリングワインで乾杯をして、顔を寄せてメニューを覗き見る。まずはイイダコと芹のサラダに、鴨のテリーヌを頼むことにした。

「おいし」

「うん。これはうまいな」

「お腹ぺこぺこだった」

春の味が口いっぱいに広がって、芹の香りが鼻に抜けていく。知歌はテリーヌにナイフを入れて、大きめのカットを関戸の方に寄せる。

この関係は、春まで続くだろうか。夏までもつだろうか。やがて終わるのだとわかっているからこそ、これほど愛おしいのかもしれない。

「知歌の好みが、だんだんわかってきたよ」

関戸が次に頼んだパスタは、知歌が気になっていたそれだった。この男の前では、バカなふりも、賢いふりも、する必要がない。出会う前から自分のすべてを知ってくれていたように思えるのだ。その圧倒的な肯定感に、知歌は2杯目のグラスを傾けた。次にいつ会うかなんて、決めたことはない。だからこそ「今夜は会える?」が、朝から待ち遠しくて堪らない。いまのわたしなら、椅子の背にかけたグレーのトートバッグだって、ちゃんと似合っているはずだと思った。

「あのね、クリスマスのお返しにもならないんだけど……」

知歌はバッグの中から、ラッピングされた紙袋を取り出す。ブレスレットのお礼にと、お正月にデパートで選んだマフラーだ。

黒っぽい上着が多いから、差し色になる暖かそうなオレンジ色を選んだ。関戸ならばと、知歌は大奮発でカシミアにしたのだ。

「そんなの、気にしないでいいのに」

そう言いながら袋を開けた関戸は、プレゼントに驚いているようだった。名の知れたブランドはやり過ぎだっただろうか。

「……ジャイアンツファンみたいじゃない？」

オレンジのマフラーを手に困惑する関戸に、キスをしたいと思う。

「どこのファンなの？」

関戸がヤクルトのファンであることを知歌ははじめて知った。

# 1月16日(月)　青子

ロケ帰りのメンテナンスに、青子は久しぶりのピラティスに行った。

麻布十番のスタジオで1時間ほど全身を動かし、それでもまだ背中が固まっている気がして、オイルマッサージを念入りにしてもらった。おかげで全身が軽くなり、その後にだるさが押し寄せてきた。

帰りがけにスーパーに寄り、野菜とお豆腐を買った。夫は夕食を食べてくると言っていたので、ひとりなら手間のかからない味噌汁でも作ろうと思った。長葱が飛び出す買い物袋を持って、南北線のホームに降りていく。

青子は休みの日に、クルマで移動するのが好きではない。

「時間」と「お金」の感覚を狂わせないこと。高校生になってモデルの仕事をはじめたときに、母親と約束したことだった。女優として一廉《ひとかど》に稼ぐようになってからも、いまだに青子の脳裏に呪いのように残っている。

永田町の改札を出て、マンションへと入っていく。電車に乗っても、スーパーで買い物をしても、眼鏡をかけていれば、案外気づかれないものなのだ。

買ってきた食材を冷蔵庫に突っ込んで、バナナを食べながら、すぐさまソファにからだをあずけた。この背徳感がなんともいえず気持ちいい。床暖房がじんわりと足もとを温めてくれる。すっかり空腹だが、すぐにキッチンに立つ気にはなれなかった。

リモコンでテレビのスイッチを入れ、観るつもりもないフランス映画にチャンネルを合わせる。青子は目を閉じて、どんなことを喋っているかもわからない異国の男と女の会話をじっと聞いていた。気だるいイントネーションが、歌のようで心地よい。肌寒さを感じてブランケットを取ろうとすると、ローテーブルの上でスマホが点滅していた。

手に取ると、マネージャーのさっちゃんからだった。青子が気づかぬうちに6件もの着信が入っている。

「もしもし？　青子さん？」

折り返しのボタンを押すと、呼び出し音のコールが鳴り出さないタイミングで、さっちゃんの声が聞こえてくる。

「ごめんね、気づかなかった。どうした？」

さっちゃんはそれには答えず、マンションの車寄せまで降りてきてほしいと言う。家の近くで待機しているぐらいだから、余程の話だと青子は察した。

「さっちゃんが部屋に来る？　ゲストのところにパーキングすればいいよ。関戸もいないし、わたしすっぴん眼鏡だけど」

「……いや、や、いやって言うか……そういうわけにもいかない事情が」

あまりに不自然な口の重さに、自分が行った方が良いのだと察した。覚悟を決める。これは悪い話、確定だ。

「わかった。5分で降りるから」

青子はソファから立ち上がって、ため息をついた。キッチンに寄って小さなグラスで水を1杯飲み干す。くるぶしまであるダウンコートを羽織り、マフラーを首にぐるぐると巻く。もしやさっちゃんが辞めたいとか？　女優になりたいとか？　晴海埠頭にでも連れていかれたりして？　青子はわざと戯けたことを想像してみる。

　黒塗りのミニバンは、エンジンを切って停まっていた。電話に気づかず、ずいぶん待たせてしまったのだと、青子は申し訳なく感じる。

　後部座席のスライドドアを開けると、後部座席の奥には、事務所社長の諏訪が座っていた。そりゃさっちゃんも、あれだけ着信残すわ。長い付き合いではあるが、ここ数年、諏訪と顔を合わせるのは、青子の現場にたまに挨拶に来るときぐらいだ。

　仕事に大きなトラブルがあったことを承知で、

「ちょっと映画を観てて、着信に気づかず失礼しました」

と、とりあえず青子は笑顔を作ってみた。

「こっちこそ、オフなのに呼び出して悪いわね」

　諏訪も口角を上げたが、その声は暗い。

　すでに台詞も入っている次作が製作中止？　事務所の誰かの代打で明日から撮影？コマーシャルの契約打ち切り？　バッドニュースはいくらでも想像できる。でもそんなことで、わざわざ諏訪が出てくるとも思えない。電話で話せば済むことだ。

「ことり……大変なことになった」

　いつもの諏訪なら、もっと単刀直入にものを言う。大手とはいえないまでも、海千山千の芸能事務所を取り仕切る女傑だ。年齢不詳のボブヘアー。足もとは常に８㎝のハイヒール。彼女に孫が3人もいるなんて、誰が思うだろうか。

「とりあえず、クルマ出しますね」

めずらしく声がこわばっているさっちゃんに、諏訪は答えない。

車寄せを発進して、青山通りを三宅坂に向かって左折する。国会議事堂近くの平河町の交差点には、警官が寒そうに立っている。最初の信号で止まったタイミングで、ようやく諏訪が重い口を開いた。

「明後日売りの週刊誌で、関戸正高の不倫が抜かれる。先方は関戸くんにも連絡したと言ってたけど、どうせオフィスにFAX1枚送っただけだろうから、気づいてない可能性の方が高いだろうね」

青子の顔を見て、

「ことりも知らなかったんだね」

諏訪はため息まじりの声を出す。夫は昨年オフィスを引き払い、外苑前のホテルの一室を仕事場にしている。その部屋にFAXがあるのかは知らない。

青子はパワーウィンドウを開けて、冷たい風を迎え入れた。

「相手の女は一般人だから、どこの誰かは公表されない。でも決定的な写真は載る。疑惑とかじゃなくてたぶん真っ黒なやつ。関戸くんは文化人枠だけど、しばらくは炎《も》えるだろうね。このご時世だもの」

さすがにこの方向からの爆撃は、想像していなかった。青子はすぐに言葉が出ない。

「こんなこと言いたくないけど、わたしの仕事だから言わせてもらう。妻が人気女優だから、目玉になるような記事なのよ。中年の映画監督が地味な不倫をしたところで、みんな興味ないわ。どんなに天才でも裏方なんだから。世間が待つのは戸鳥青子の反応。だからどっかのタイミングで、ことりが何らかのリアクションをせざるを得ない、とわたしは思う」

アームレストに肘を立て、青子は人差し指でこめかみを押した。

このたびはご迷惑をおかけして申し訳ございません。お騒がせして、心からお詫び申し上げます。その後に続く台詞が、青子の知る台本には書かれていなかった。

沈黙する3人を乗せたクルマは日比谷交差点で右折して、晴海通りに入った。月曜の夜だというのに、銀座には大勢の人が歩いている。誰もが楽しそうに見えるけれど、心の内はわからない。

「……なんてことしてくれんだ、って感じだわ」

こんなときに口から出るのは、心の奥の隠しきれない本心なのだと青子は思った。

衝撃と同時にやってきた呆れ。

夫に不倫された妻に、女優なんていう属性は本来関係ない。冷静でいることに精一杯というよりは、怒りが熱を帯びるより前に、心が冷えていく。「葛藤」を通らず、いきなりの「あきらめ」。

「ホントですよ。マジでなにしてくれちゃってんだって話ですよ」

さっちゃんは、やりきれないのか、アクセルを踏み込んだ。加速したまま昭和通りを越えると、街の光量が一気に落ち、クルマも人通りも寂しくなっていった。

「とりあえずは、ぜんぶわたしが対応するから。どこまで炎えるかは、不倫の内容と関戸くんの対応次第だろうけど、ことりが早い段階でコメントを出せば、さすがにメディアもそれ以上は踏み込んでこないわよ」

諏訪は「まぁ、希望的観測だけど」と付け足す。不貞行為の内容にどんな差があるというのか。きっとそれもあれこれ親切に明かされる。青子が高額な調査料を払って、わざわざ興信所に頼む必要はない。

「そうかぁ。不倫だったかぁ……」

結婚して15年。病める時も健やかなる時もあった。互いの人生の波に、妻として、夫として、どう気遣えばいいのか悩んだのも事実だ。

決定的だったのは、関戸の映画にスポンサーが集まらなくなったことだ。前作が酷評に終わったあと、アイドル出身の若手俳優が手の平を返すように関戸を糾弾した。撮影時間の長さや、演出の細かさ、ＯＫを出すまでのテイクの多さ。関戸のせいで鬱病にまでなったと告発したのだ。ストイックとパワハラの境界線は曖昧であるが、人気俳優の訴えを世間は支持した。あれ以降、企画しては頓挫する繰り返しに、監督としての自信が失われていってても無理はない。

関戸の求めた救いが、不倫であったことに、青子はなんとも言えない感情になる。そしてこの感情は「がっかりした」という以外の何物でもないと、青子は思った。

築地本願寺を過ぎて、さっちゃんは道路脇に停車させた。スマホを手にして神妙な顔で聞いてくる。

「青子さん、いまからホテル取りますけど。スイートルームでも、飛天の間でも、どこだって今夜は取りますよ」

若い子に、こんな気を遣わせて情けない。

「いいわよ。ことりのいいようにして。彼と話し合うにしても、今夜は一旦ひとりで寝るとか。さっちゃん、明日の撮影、入りだけでもちょっと遅らせられない？」

青子は台詞などではなく、心底申し訳ないと思った。

「社長、なんかすいません。こんなことでご迷惑おかけしてしまって。さっちゃんも遅くまでホントに申し訳ない」

「バカね。なんでことりが謝るのよ。悪いのは関戸くんと相手の女でしょ」

青子に顔を向けずに、諏訪がつぶやく。

「最近、妻が謝罪するケースが多いけど、考えてみればおかしな話じゃない。家庭に原因があっての浮気ばかりじゃないでしょ。そもそも夫婦仲がどうだって、人様に謝る必要なんかないんだし……相手が無名の女だったのが、せめてもの救いかしらね」

言葉を発するほど、青子の感情のなにかに抵触してしまう。察しのいい諏訪はそれ以上なにも言わず、煙草を吸いに外に出た。

今夜はとりあえず家に戻るし、明日の朝も大丈夫だからと、青子はさっちゃんの頭を後ろからぐしゃぐしゃと撫でる。

「青子さん、きっちり6時半にお迎えに行きますから！」

さっちゃんのなけなしの励ましに、青子はさすがに泣きたくなった。

## 1月17日(火)

## ひかり

「終電までには」と連絡があったのに、直人がまだ帰ってこない。電車はとっくに終わっている。
先にベッドに入り、ひかりは何度もスマホを確認する。1分と経たずに手が伸びるのだから、頭がおかしいと自分でも思う。残業が終わらないのなら、仕事帰りに同僚と飲みに行ったのなら、さすがにメッセージぐらいは送ってほしい。ＡＫＡＮＥの更新されないインスタを、何度も確認してしまう。半年以上前にあげられた生クリームたっぷりのパンケーキ。カロリーも気にせず食べるなんて馬鹿な女だと、見ているだけで胃がムカムカする。直人の前でどんな顔して、パンケーキを食べたのか。

父と暮らす浮気相手は、どんな女なのだろう。今夜、ひかりは父と食事をした。父は家を出たあとも、毎年のクリスマスや娘たちの誕生日は、必ず一緒に祝ってくれた。運動会や卒業式などの行事にも、できる限り参加してくれた。その父の姿を、母はどんな気持ちで見ていたのか、ひかりは考えたこともなかった。

体裁を取り繕うだけの父親。いままで父のことをそんなふうに思っていたが、姉の悲しみは深かった。母親よりも、知歌の方が、父が帰ってしまったあとの落ち込みは長引いていたぐらいだった。そんな姉が父親と同じ弁護士を目指したのも変な話だ。

そこまで父に執着する理由が、今夜わかったような気がした。浮気なんてズルいことをしているくせに、なぜか憎めない気がするのだ。

姉は父が大好きだったから、大嫌いになるしかなかった。

男の誠実さを伝えるものはなんだろうか。そんなにカッコよくはない顔だろうか。重厚な体軀か、話し方か。家族を捨てた男にも、誠実さを感じるのはなんでなのか。ひかりがぼんやり考えていると、玄関の鍵を回す音がした。

カーディガンをパジャマの上に羽織って、ダイニングキッチンへと急いで出ていく。

「おかえりー。遅かったね」

直人はコートも脱がずに、冷蔵庫から缶ビールを取り出して、プシュッと開けるところだった。

「どう？　体調は」

直人はひかりの方に目をやって、リビングのソファにドサッと座る。目の縁が赤くなって、だいぶ飲んできたみたいだ。

「大丈夫だよ。直人の方が疲れたでしょ？　なんかおつまみ食べる？」

缶ビールをひとくち飲んで、直人はネクタイを長い指で緩めた。ベタで悔しいが、そんな姿が見惚れるほどいちいち様になる。

ひかりは買ってあったわさび味の柿の種の袋を開けて、直人の隣に座った。

久しぶりに父に会ったこと、レストランが素敵だったこと、スープがおいしかったこと。今度はもっとおしゃれして夫婦で行きたいこと。今日のたわいもないあれこれを、なるべく楽しい話に変えてひかりは喋った。

黙って聞いていた直人は、ひかりではなく、缶ビールのプルタブのあたりを見てぽつりと言った。

「もう別れよう」

このYシャツ、クリーニングに出しといて、というぐらいのテンション。

「俺はひかりになにもしてあげられない」

ひかりのからだは金縛りにかかったように、身動きが取れない。

「こんなんじゃ全然幸せじゃないだろ」

つぎの瞬間には、ひかりは直人に馬乗りになっていた。

「幸せだよ。これからもっと、ナオくんと幸せになるんだよ」

荒らげた声が、隣家に聞こえてしまっても構わない。ソファと床の上に、柿の種とピーナッツがあっという間に散らばっていく。

「幸せじゃないだろ、こんなんで。もうやめよう」

ベッドでもソファでも、ふたり身を寄せる時間が、ひかりは大好きだ。

それなのにこの男は、なにを言っているんだ？

誰のせいだと思っているのだ。

直人のコートが破れるほどに、ひかりは胸もとを引っ張り上げる。

「夫婦なんだから、良い時も悪い時もあるよ。結婚式の神父さんも言ってたじゃん」

直人は目を瞑って、これみよがしなため息をついた。直人の呆れたようなため息は、いつも問答無用でひかりを黙らせる威力があった。

「これのどこが幸せなわけ？　頭おかしいだろ」

直人の肩を全力で揺すりながら、今度は獣のような唸り声を上げた。

「ナオくん、浮気してるよね？　わたしが知らないとでも思ってた？」

直人は目を瞑ったままだ。心に溜めていた思いが、決壊した濁流のように溢れ出る。

「パスワードなんてすぐわかるんだよ！　奥さんなんだから！　わたし奥さんなんだから！　なんですぐバレるような浮気なんかすんのよ！　バカにしてんの？」

ようやく目を開けた直人は、涙ぐんでいるように見える。

一体なんなんだ。泣きたいのはこっちだ。直人に嫌われたくないのに、こんなに恐ろしい自分を晒したくないのに、責めずにはいられない。

「毎晩遅いのだって、仕事なんて嘘じゃん！　あかねって誰？　どこのどいつ？　バカにしないでよ！　四谷のお墓だってまったく別人の墓じゃない！　なんでナオくん嘘ばっかつくの？　なんなの？」

ひかりの詰問にも取り合う気はないのか、強引に直人が立ち上がろうとする。

「別れないから！　わたしが幸せだって言ってんだから、絶対別れない！」

無言で立ち上がる直人に、ひかりはあっさりソファの上に転がされると、ぷぅうと情けないおならが出た。直人は飲み残した缶ビールをキッチンのシンクに流して「とりあえず今夜はもうやめよう」と言った。

真っ暗に電気を消した部屋で、直人の鼾を信じられないような気持ちで聞いていた。

この男はなんで眠れるのだろう。

ほんの数メートル先では、ひかりが泣きながら柿の種を一粒一粒、拾っていたのだ。

さっきまでの勇ましさは、無様なおならと一緒に抜けてしまったようだった。悔しさも怒りも、まだお腹いっぱいに溜まったままなのに。

別れるなんて、きっと本気じゃない。

気づいていたのだ。束縛を嫌うくせに、孤独から抜け出したいのだと。結婚をする前から、ふとした瞬間の小さな違和感。それを辿るといつも別の女の存在があった。

ひかりたちが居酒屋で声をかけられたように、直人ならいくらでも遊べるだろう。

ひかりの親友たちは、当時の彼と別れて直人と付き合うと報告したとき、すごい勢いで反対した。由佳には「友だちやめるよ」とまで言われた。だからこそ、フラッシュモブのプロポーズに、母や由佳たちの顔があって感動した。

どれだけ女と遊んでいようと、この世界に直人の妻はただひとり、わたしだけ。

直人から結婚したいと言われた女。

そして直人は「結婚してください」とちゃんと言ってくれたはじめての男だ。

女の自分に、男の習性などわかるわけもない。結婚したら遊べなくなるのだから、いまは我慢だとあの頃はやり過ごした。だとしたらわたしを妻に選んだ末に、遊ぶ理由は、なんなのだろうか。わたしに感じる物足りなさは、どのあたりだろうか。

結婚のときに選んだセミダブルベッド。「くっついて眠りたいから」と、直人はダブルベッドにしなかった。ひかりは直人の背中にピッタリとからだを寄せる。今朝、ひかりが洗ったばかりのシーツと枕カバー。

直人の鼾は、気持ちの良さそうな寝息に変わっている。

ひかりは、直人の背中を思いっきり蹴り飛ばして、ベッドから落としてやりたいと思った。

# 第三章　節分あたり

風はすべて追い風。
わたしがどこを向くかだ。

# 2月3日(金)

## 知歌

東京にとって、雪はスペシャルだ。バスも電車も交通機関は軒並みダイヤが乱れ、白で覆われた情景に心まで掻き乱される。

雪が降ると、好きな人に会いたくなる。そんな情緒を知歌はいままで知らなかった。

雪の予報があれば、1時間は早めに家を出ることにしていた。勤務先の青山一丁目までは、地下鉄を利用するので滅多に影響はない。それでも遅刻するよりはマシだと思う生真面目なところが知歌にはあった。

午前11時を過ぎた頃。リビングの窓辺に立って、降り続ける雪を眺めていた。

この2週間、知歌は出社を控えている。

パソコンを持ち帰り、自宅でできる業務をやってはいるが、雑用ばかりのほぼ休職状態だ。先月の半ばにプライベートにトラブルがあり、万が一を考えての措置を事務所のボスが取ってくれた。

法律事務所勤務の30代一般女性のAさんとされて、目のあたりにはモザイクが入った写真だが、話題の週刊誌に知歌が載っていた。白いジャケット。グレーのトートバッグ。黒いラメのピンヒール。Aさんの持ち物は、ぜんぶ見覚えのあるものだ。その隣には、知歌の3倍ぐらいの大きさで、女優である美しい妻の写真が載っていた。

関戸正高から、連絡はない。

トラブルが発覚した日の〈しばらく連絡を控えよう〉というメッセージを最後に「しばらく」が2週間も続いていた。

「おねいちゃん、テレビ点けるよ」

昨夜から実家に泊まっているひかりが、リモコンを手にソファに座った。オイルヒーターも床暖房もフル回転にしているのに、薄手のノーカラーダウンを部屋着がわりにしている。首の後ろに浮き出る骨が痛々しい。妹は夫の浮気にハンガーストライキで抵抗していたという。いつもの知歌ならば「なんてバカなことを」と叱っただろう。

「平気で不倫するあんな男のために」と、間違いなく罵っていただろう。

けれど自分が「あんな女」になり下がり、妹に言えることはなにもない。テレビを点けることすら、妹に気を遣わせているのだ。

週刊誌にスクープされた映画監督の不倫は、その日のワイドショーで瞬く間に取り上げられた。外苑前のホテルからふたりで出てきたところ。スタジアム通りを寄り添って歩いているところ。暗がりでキスをしているところ。そのすべてが写真に撮られていた。人目を避けるわけでもなくホテルに頻繁に出入りすれば、目撃する人はたくさんいただろう。週刊誌に撮られたのは、いま思えば当然の話だ。

そう考えると、知歌は関戸の自殺行為だったようにも思えた。

妻である人気女優への同情のコメントが殺到し、格差婚のストレスからの浮気という憶測や、活躍する妻の収入で夫が女遊びする「お小遣い不倫」なんていうあたらしい言葉まで生まれた。

お相手の一般女性Aさんのモザイクのかかっていない口もとは、気の毒なほどはしゃいでいる。雑誌やテレビで有名人と並んだ露出となると、知歌のどこにでもいるコンサバな格好は、勘違いした場違いな女に見えた。

どんなことがあっても子どもに手をあげなかった母親に、知歌は生まれてはじめて頰を打《ぶ》たれた。

　妹が点けたテレビでは、都内の神社で豆まきをする映像が流れている。寒そうな境内から、力士が豪快に豆をまくたびに歓声がわく。雪の中でご苦労なことだ。

　福はうち。鬼はそと。家の外ならば鬼がいてもいいのかと、知歌は子どもの頃から納得がいかない。そして内ではなく外に福を探す人間だっているのだ。

　母もこの雪の中、父方の祖母のところに出かけていった。

　老人介護マンションにいる祖母は、認知症もすすんできているが、母は毎月3日に必ず顔を見せに行く。「なにも今日じゃなくても明日にすれば？」と、知歌は言ってみたが、

「お義母さんが混乱するから」

　と、母はレインブーツで出かけていった。厳しかった祖母が認知症になって、とんだ罰当たりと思いつつも、知歌は少しだけ安心もしていた。テレビでAさんを目にしても、それが自分の孫だとは気づかないで済むのだから。

　知歌は止まない雪に目を戻して、妹に言う。

「わたしちょっと買い物行ってくる」

「こんな雪の中？　お母さんに帰りに頼んだらいいじゃん」

「暇だし、ちょっとブラブラしてくる」

ひかりは「ならばご自慢のボアブーツを貸してあげよう」と言った。「そのかわりに帰りにプリンお願いします」と続けて、テレビのチャンネルを変えた。


雪が降っているというだけで、こんなにも世界が変わって見える。子どもの頃から見慣れた景色が知らない街のようだ。

関戸との関係は、振り返ってみればわずか2ヶ月足らずのことだった。なんだかすべては映画の中の出来事だったように思える。知歌にとっては、関戸正高も、戸鳥青子も、星のように遠い人だった。自分の一生で出会うはずもない人たちだった。

関戸のことを、思い出してみる。

顔に触れる指の感触。唇と舌の感触。首にできる細かな皺。バーのカウンターに座る後ろ姿。知歌がオレンジのマフラーを贈ったときの苦笑い。ＣＡＭＥＬの匂い。映画の話に夢中になる熱っぽい目。

戸鳥青子のことを、考えてみる。

女優でありながら、いつも自然体に見える。透き通るような肌。周りがつられてしまうような笑顔で、どんな役をやっても汚れない美しい人。

知歌には忘れられない彼女のインタビューがあった。10年以上も昔のその雑誌の切り抜きを、何年も手帳に挟んでいたぐらいに。

「人間にとって宝物は？」という質問に、「歌を知っていること」と戸鳥青子は答えていた。

ただ自分の名前と同じだというだけの話なのに、知歌の胸に迫るものがあった。うまくいかない司法試験の勉強が、誰にも必要とされてない孤独感が、なんだか慰められる気がしたのだ。


なんて卑しいのだろう。不倫される気の毒な妻より、愛人の方がマシ。

夫の不貞に苦しむ妹と、いつまでも夫を手離さない母に呆れていた。だけど本当は、自分の方がよっぽど惨めな女だったのだ。自分の存在を証明するためのイージーな恋愛。浮気男を旦那に持つ妻に比べて一般女性のAさんは、圧倒的に幸《さち》の薄い女に見えた。母の弱々しいビンタよりも「人様から奪ったもので自分を満たして、それで知歌は恥ずかしくないのか」と泣かれたことがいちばん応える。

熱に浮かされたような恋は、雪みたいに溶けてしまったのかもしれない。

それでもやっぱり、夢でも、作り物の映画でも、なかったのだ。知歌は差している傘を下ろして、空を見上げ、雪を顔で受ける。この冷たさが、いい加減に目を覚ませと身に起きた現実を教えてくれる。

知歌はひと駅歩いて、産婦人科の前に立つ。最後の生理はクリスマスの翌日だった。出血がほとんどなく、寝不足からの不順だと思ったが、翌月は生理自体がなく、代わりに妊娠の兆候があった。

だるさ、眠さ、いくつかの食べ物の匂いの気持ち悪さ。

「妊娠されていますね」

エコー検査で6週目であることがわかった。

「ご出産の予定ですよね？」

肝心の箇所にチェックのない問診票を眺めながら、医師は無感情に知歌に聞いた。

## 2月3日(金)

ヨウ

ヨウは麻布北条坂の花屋に寄って、早咲きのミモザを大きめの花束にしてもらった。イタリアでは、3月8日は「ミモザの日」で男性が身近な女性に贈る習慣があるらしい。花言葉は、「友情」。もうひとつの「秘密の恋」は、友人として無視することにする。退院してから、体調は安定していた。胸の痛みの原因だった腫瘍部分は、胸腔鏡手術で取り除けた。薬もよく効いている。

この花を、来年は見られないかもしれない。

もう取りきれない転移したがんという時限爆弾を思うと、ヨウは感傷的になることもある。でもいまはそれ以上に、自宅に戻って暮らせる時間を、何よりありがたいと感じていた。外苑西通りでタクシーを止めて、運転手に告げる。

「紀尾井町までお願いします」

まだ真新しいエントランスから、エレベーターで最上階まで上がっていく。うちのヴィンテージマンションとはえらい違いだと、ヨウはまばたきをする。

エレベーターの扉が開くと、青子が両手を広げて立っていた。青子は、ミモザと一緒にヨウをしっかりと抱きしめた。


「とりあえず入って」

玄関に置かれた靴は一足もなく、関戸がいるのかはわからなかった。

「関戸はいまジム行ってる。マンションの中のだけどね」

察しのいい青子は、そう言ってスリッパを勧めてくれる。

関戸のスキャンダルが発覚したとき、ヨウは会いに来ることができなかった。メールを送り、体調を崩して検査入院をしていると伝えるのが精一杯だったのだ。

〈お互い災難なことになったね〉

青子のメッセージは飄々としていたが、そんなわけはないとヨウにはわかっていた。どんな妻でも、浮気をされて苦しくないわけがない。

青子は大ぶりのブルーの陶器にミモザを投げ生け、「蕗《ふき》のとうのグラタン作ったんだけど、食べられるかな?」と、ご機嫌そうだ。深みのある青に、春らしい黄色がよく映えている。

「もうオーブンで焼くだけだから」

青子はグラスにスパークリングウォーターを注いで、ローテーブルの上に置いてくれる。ダイニングよりゆっくりできるからと、ソファで食べることにする。

いい歳をした大人が、ふたりして体育座りをして並ぶ。その姿がなんだか可笑しくて、ヨウは笑ってしまう。

「すぐに足を上げたくなるのって歳だよね。青子はまだ頑張ってよ」

「もうミニスカートも似合わなくなったし、どこでも体育座りできていいよ」

青子といつもみたいに、ずっとこんな話をしていたい。ヨウはそう思いながら、言わないわけにはいかなかった。そのために今日は来たのだ。

「……大変だったね」

キッチンのオーブンから焼き上がりを知らせる音がした。青子は立ち上がって、

「そうだね。こんなことが自分の人生に起こるなんて思わなかったよ」

と、はにかんだ笑みを見せた。

焼けたパルメザンチーズの香ばしい香り。楕円形のグラタン皿から立ち上る湯気からしておいしそうだ。

「バターで玉ねぎを炒めるとき、そこに小麦粉も入れちゃうと、ホワイトソースって簡単なんだよね」

玉ねぎ、蕗のとう、ベーコン、きのこ、マカロニ、パルメザンチーズ。青子の作った栄養たっぷりのグラタンは、とてもやさしい味がした。

「いやぁ……。まぁ、まいったっていうか。変な話だけど、マンションで良かったよ。一軒家だったら、みんな燃やしてやりたいって本気で思ったから。うん。なかなか上手にできたかな」

グラタンの味と対照的な険しい心情に、ヨウはフォークを置いた。笑みを崩さない青子が、燃やしてしまいたかったのはなんなのだろう？　夫の痕跡か、ふたりで歩んだ痕跡か。

「ここに引っ越したのも良くなかったのかも」

関戸が気に入っていた三軒茶屋の借家から、もっと静かな場所がいいと言い出したのは青子だった。倍ほどに上がる賃料はどうするのだろうと、ヨウは余計な心配をしたのを覚えている。数年前から関戸は映画を一本も撮っておらず、それと逆行するように青子の仕事は忙しくなった。ヨウからしたら、過剰な悪意の目が向けられた関戸は気の毒だった。

「なんか逃げ場が浮気って、もうイージー過ぎて。情けなさ過ぎて。でもそんなふうに思っちゃうって、それこそが関戸を追い詰めていたんだよね」

　青子はこの2週間、ひたすら考え続けていたのだなと、ヨウは胸が痛くなる。こんな状況になっても、青子は自分の非を探している。なによりショックだったのは……と、青子は少し口ごもってから、決まりが悪そうに言った。

「なんか妙に納得もできちゃって。そりゃ辛かったよねって。関戸はどっかに救いを求めざるを得なかったんだろうなって」

　夫の浮気がありえないことでもなかった。ある種の見切りが青子にもあったということか。浮気相手の女を「どっか」と言い捨て、あくまで夫婦の問題として考えたいという、妻としての強い意思が表れている。

「青子は逃げないから強いね」

　あらゆる負の感情に溺れそうになりながら、必死に辿り着いた岸辺は自省なのだ。ヨウの言葉に、青子はちょっとだけ唇の両端を上げてみせた。女優の顎には似つかわしくない大きなニキビが、いくつも膿んでいる。

ヨウは、蕗のとうのほろ苦い余韻を嚙み締める。経済的にも、社会的にも夫に依存しない青子でさえ、いつもどこか苦しさが見え隠れしていた。膝を抱える青子が淳哉の妻の姿と重なり、呼吸が浅くなっていく。

不倫が罪なのは、ふたりでは完結しないからだ。どんなに狡猾な言い訳を並べても、過失の浮気など存在しない。愛する人から「傷つけてもいい」と心の片隅で思われていたという事実は、裏切り以上に深い傷となる。

窓際に立って、眼下を眺め、ヨウは深呼吸をする。ガーデンテラスの庭で、子どもたちが遊ぶのどかな景色が見える。その背中に、青子がぽつりと言った。

「ヨウちゃんに相談したかったのはさ、わたし誰に謝ればいいのかなって」

関戸の不倫が世を賑わせて以来、妻の女優は沈黙を続けていた。反対にSNSでは、あることないこと盛り上がって、「お小遣い不倫」なんて、造語まで生まれる始末だ。誰も幸せにしない言葉が、なぜこんなにも次々と生まれるのか。

「もし関戸が人を殺《あや》めたらさ、妻として、世間に向かって土下座すると思うんだよね。どんな事情があろうとも、わたしには関係ございませんとは思わない。でもさ、関戸がパワハラとか騒がれたとき、わたしは擁護も謝罪もしなかった。監督として彼が間違ってるとは思えなかったし……妻だからって、わたしの出る幕じゃないと思った」

夫の不倫が妻への裏切りである以外に、社会的責任を問われるなら、それは関戸が著名人だからだ。著名である理由を「女優の夫」ではなく、あくまで映画監督である「関戸正高」だと、青子は考えている。

「夫婦って、本当に難しいね……」

青子は謝りたくないわけじゃない。ただ関戸を傷つけたくないだけなのだ。

「そうだね。戸鳥青子が謝るのはおかしいと思う。関戸正高という監督の尻拭いは、関戸くん本人にしかできないから」

青子はホッとしたのか、子どものような表情でヨウの顔を見た。

「関戸がさ、わたしのバカにしたような目が耐えられなかったって言ったんだよね」

人気女優の独白のハイライトに、ヨウは身の竦《すく》む思いがした。青子はグラタン皿を2つ重ねて、フォークとスプーンを皿の上に集める。涙は見せまいとするように。

「バカになんかしてなかったけど、浮気を知ったとき、わたし、真っ先に思ったんだ。浮気とかめんどくさいからマジ勘弁してよって。それって実はものすごいマウントだよね」

ヨウは青子に向かって、両手を広げた。

「青子、おいで」

怪訝そうに立ち上がる青子を、宝物を抱くようにヨウはしっかりと包み込んだ。

「今日だけは、男になって抱きしめる」

この女優のからだの寸法は隅々まで知っているのに、こんなにも華奢な肩を張って生きていたのか。ようやく溢れた青子の涙が尽きるまで、ヨウはこのままでいようと思った。

春の食べものには、他の季節にはない特有のほろ苦さやえぐみがある。さっき食べた蕗のとうは、その代表格だ。春の苦味は、冬に溜め込んだ余分な脂を流すためなのだという。春の嵐のように、青子の心の中で「苦さ」も「えぐみ」も痛々しく吹き荒れている。それでも彼女は自分の足で歩き続け、その嵐の先に広がる景色をやがて見ることができるだろう。

玄関の方から音がして、ヨウが目を向けると関戸がリビングルームに入ってきた。ジムのあとの半乾きの頭を深々と下げる。

こんなにおじさんだったっけ？

かつて何度も共に仕事をした少年の目を持つ映画監督。その老化を、ヨウは不謹慎にも感じていた。

# 第四章　桃の節句あたり

自惚れるほどの女であれ。

## 3月2日(木)　美智子

ボランティアから帰宅して、美智子はすぐにお風呂に入るつもりだった。3月になったとはいえ、日が落ちれば厚手のコートはまだ手離せない。

かじかんだ両方の手の平をこすり合わせて、どうせ埃が立つのならば、お風呂に入る前にやってしまおうと、押し入れの奥から段ボール箱を引っ張り出した。中には古びた木箱が入っている。

知歌が生まれたときに、夫の母と雛人形のことで小競り合いになったことがあった。豪華な段飾りを孫娘に贈りたいという義母に、「実家から持たされた雛人形を飾りたいから」と、美智子が申し出たのだ。

古い奈良一刀彫の立ち雛。

「いまの子にはちょっと地味なんじゃないかしら？」

表情を曇らせる義母に、夫が加勢してくれた。美智子の成長を見守ってきた雛人形以上に、自分たちの娘を任せられる人形なんてあるわけない、と。

「弁護士先生はさすが弁が立つのね」

義母は憎まれ口で返したが、それ以上はなにも言わなかった。


木箱の中から、油紙と半紙で二重に包んだ立ち雛を取り出し、1年ぶりの対面をする。細い目に、おちょぼぐち。「世間様のことは存じません」とでも言いたげな、澄ました表情は相変わらずだ。ちょっとしたアンティークだわ、と美智子は思う。

おかげさまで結婚はできたけど、長くは続かなかった。

そしていまはひかりがその渦中にある。

知歌は結婚よりも道ならぬ恋を選んだ。

「しっかりしてよ。お雛様」

雛人形に文句を言ってもはじまらないが、今年ばかりはリビングに飾るのに腰が重かった。一刀彫の立ち雛は、台座に置くと30㎝ほどあって、地味どころか迫力がある。

木肌を残した豪胆な彫りと繊細な絵筆。

毎年欠かさずに飾ってきたのだ。たとえどんな年でも、家族の歴史こそが心を強くしてくれると美智子は信じたかった。

お風呂より先に、もうひとつ片付けてしまいたいことが、美智子にはある。

義息の調査報告書。100万円も支払ったのだ。

美智子が興信所に電話をかけて、素行調査を依頼した。精神も体調も崩したいまのひかりに、真実を見る力はない。母である自分がやらねばと、腕をまくった。それなのに届いたファイルの厚みだけで、美智子は怖気づいてしまった。嫌気がさしてしまった。不貞行為の頻度で、報告される証拠の量も変わる。ファイルの厚さが裏切りの深さのように感じて、美智子は途中までしか目を通すことができないでいた。

そして追い討ちをかけるように、長女の不倫だ。あれほど分別のある知歌が、なぜ妻帯者など好きになったのか。さすがに混乱状態となり、見えないところにファイルを仕舞い込んだままになっている。

雛人形に見守られた今夜なら、美智子は最後までページをめくれる気がする。

自室の電気を点けて、這いつくばってベッドの下を覗く。奥の方から茶封筒を引っ張り出して、指の腹で埃を払った。

隠し場所というと、いつもベッドの下になってしまうのはなぜなのだろう。クローゼットや本棚の奥にも置いてみたが、どこか心許ないのだ。クリスマスプレゼントの隠し場所も、そういえばベッドの下だった。

イブの夜になると、夫はサンタクロースの赤い衣装に着替えた。家族の行事は大切だからと、念入りに白い髭までつけていた。

「万が一でも起こしちゃったとき、子どもの夢を壊したくない」

ぐっすりと眠る娘たちの枕もとに、恐る恐るプレゼントを移動させ、美智子は隣でくすくすと笑っていた。もしも知歌が一度でも張り切る夫の姿を見ていたなら、家庭を壊す愚かさを知れたのか。

静かな部屋に音が欲しくて、いつもなら見ないバラエティ番組を流す。ハンドバッグから老眼鏡も取り出した。両腕を真横に広げて胸を開くようにして、深呼吸をひとつ。ひかりが自宅に戻り少しずつ体調が回復してきているとはいえ、娘のストレスの根本はなにも改善されていないのだ。この数ヶ月間で、母親としての自信を根こそぎ奪われながらも、娘たちの役に立てることはまだあるはずだ。

ダイニングテーブルの上で、美智子は息を止めてファイルのページをめくる。

【12月30日17時21分】

対象が自宅（新宿区信濃町メゾン若葉）出発。

このときひかりは、この家でずっと眠っていた。痩せ細ったからだを丸めて。義息はそんな時に、女と会うために銀座へ向かったのだ。

【同日21時55分】

対象・乙、JR有楽町駅から山手線外回りに乗車、五反田駅で下車。

前に見たときは動揺して気にも留めなかったが、五反田駅なら美智子は毎日通っている。浮気中の義息と、ばったり顔を合わせてもおかしくない。自分のテリトリーに汚れた者に侵入された気がして美智子は眉間に皺を寄せた。

【翌31日01時20分】

対象・乙共に、その後の出入りは確認できず。「入室」から3時間の原則を適用し、調査終了とする。

前回は、ここでギブアップした。今夜はその先まで、不貞行為をこの目で確かめなければならない。

【同日18時14分】

対象が自宅（新宿区信濃町メゾン若葉）出発。

【同日18時23分】

対象がＪＲ信濃町駅からＪＲ総武線に乗車、代々木駅で山手線内回りに乗り換え、五反田駅にて下車。

【同日18時58分】

乙の自宅と思われるサニーコーポに到着。

オートロックを開けてもらうべく、パネルを操作する義息の写真が撮られている。

連日ご苦労なことだが、合い鍵までは持たされていないようだ。そんなことを喜んでいいのかと複雑な思いを抱えながら、美智子は次の写真に目を移し、咄嗟に老眼鏡を外した。

【同日19時18分】

乙、少女Ａと一緒にサニーコーポを出る。対象は同行せず。

望遠レンズで狙っているとはいえ、プロの調査員はこんなに鮮明な写真が撮れるものなのか。撮られていることに、本当に気づかないのだろうか。

「……嘘でしょ？」

少女Ａの見覚えのあるピンク色のボアのジャンパー。ショートパンツから伸びる長い脚を、美智子は褒めたことが何度もある。今夜もハイタッチで別れ、明日も会えることを楽しみにしている女の子だ。
美智子は口もとを押さえて、またしても分厚いファイルを閉じることになった。

## 3月2日(木)

## 青子

「面会も、今日で最後ですね」

　透明なアクリル板でできた防護壁。端整な顔立ちの弁護士に、青子は壁を隔てて言葉を発した。

「僕は何度でも言います。控訴しましょう。こんな判決、僕は絶対にやり切れない。異例ではありますが、控訴審で執行猶予がつく可能性もゼロじゃない。あなたは、加害者であると同時に被害者なんです」

　若いイケメン弁護士は、大袈裟にかぶりを振って説得する。

　夫の愛人殺しの罪で起訴され、判決文受領から今日で13日目。この拘置所も、明後日には出ていくことになるだろう。安物の上下揃いの茶色のスウェット。化粧っ気のない青白い顔は、女の儚なげな魅力を引き立てている。

「わたしがあの人を殺したという事実は変わりません。この罪の重さは、量刑の問題じゃないですから……」

息を潜めた沈黙がスタジオを包んだ。

「カット～！　はい、一旦カットしまーす！」

助監督の声が、静寂を破った。

「戸鳥さん、涙、イケますかね？」

台本には、青子の役名である岸田めぐみが、「量刑の問題じゃないですから……」の台詞の後に「一筋の涙をこぼす」と、しっかり太字で記されている。弁護士シリーズの連続ドラマ。第8話の夫の愛人殺しの犯人が、本日の青子の役だった。

青子が撮影でNGを出すことは、滅多にない。映画と比べてドラマの撮りは、常に時間との戦いなのだ。テイクを重ねている余裕はない。

「わー、ごめんなさい」

身の上にゴシップ騒動が起こってから、どこの現場でも微妙な空気が漂ってしまう。それが申し訳なくもあり、ボディブローのように応える。特に今回の現場は「痴情のもつれからの殺人犯」という青子の役どころを気遣ってか、スタッフをいつも以上に遠慮がちにさせてしまっていた。

「青子さん、目薬いります？」

　さっちゃんが撮影セットの陰で、必死に目薬を注《さ》すジェスチャーをしている。プロテインドリンクをシェイクするような勢いで、そんなに腕を振ったら目の中には入らない。どんなときも場を和ませてくれるさっちゃんに、青子は心から感謝していた。


「海っぺり、寒いっすね〜」

　自販機で買ったホットのミルクティーをカイロ代わりにして、さっちゃんはぴょんぴょんと飛び跳ねる。

　スタジオを出たあと、晴海埠頭に寄り道をしてもらった。

　東京の夜はまだ冷えるけれど、海風の中に、春の匂いが混じっている気がする。

「めずらしいっすね。青子さんが」

　さっちゃんがミルクティーの缶を開ける小気味のいい音がした。

「海が見たいとか、センチメンタルなこと言っちゃって？」

「もちろんそれもありますけど……」

さっちゃんはNGを連発して、青子が凹んでいると心配しているのだろう。あれから涙が出たのは、6テイク目だった。ドラマの芝居だというのに、青子の脳裏には何度となく一般女性Aの姿がチラついた。モザイクを顔に貼り付けたまま、死んでしまえとも思った。名前も知らない女に心を掻き乱されることが許せず、いくら集中しようとしても涙など出てこなかった。

「涙を流さずに泣けって言われたときの方が、しんどかったなぁ……」

青子は、輝きのない真っ黒な海を見つめる。今日のわたしの演技に、関戸ならば一発でOKを出しただろうか。

『濁流に泳ぐ人』を撮ったとき、関戸はまだ34歳の若さだった。演技経験のないファッションモデルを主人公に抜擢するなんて、変わった監督だと思った。

青子に与えられた薫子という役は、連続幼女殺人犯の娘だった。父親は獄中で冤罪を訴えていたが、好奇の目に晒され、偏見に翻弄されながら、娘は父の無実をひとり信じ続ける。そして無実を立証できる証言が出てきたところで、父親は獄中自殺を図った。娘に「すまない」という手紙だけを残して。

クライマックスといえるラストシーンで、青子は台詞を口にしながら、どうしても涙が止まらなかった。

「カット」

撮影を止める監督の冷静な声。懸命に泣き止もうとするほど涙が溢れてくる。自分のせいで重なっていくNGテイクに、青子は嗚咽しながら先輩俳優たちに頭を下げた。

「泣いてもいいけど、涙は流さないで」

頭では理解できても、からだや表情をその通りに動かせるわけではない。だけど、それを自在に動かすのが俳優という仕事なのだ。

「君が先に涙を見せたら、悲しみはそこで終わってしまうんだよ。それじゃ観ている僕は泣けない」

関戸は、若いながらも評価の高い映画監督で、大御所といわれる役者相手にも淡々とした口調で話し、納得するまでは何度でもカメラを回すストイックさがあった。

2時間の中断を経て、ラストシーンの撮影が再開されたとき、空からは雪が舞い降りていた。その奇跡のような演出にも助けられ、青子は撮り切ることができたのだ。

関戸は青子と握手をしながら言った。

「女優が生まれた瞬間を目撃させてもらいました」

そのひとことを信じたから、青子はいまの自分がある。

さっちゃんがクルマからベンチコートを取ってきた。小柄な彼女が着ると靴まですっぽりと隠れてしまうのが愛らしい。「ちょっと聞いてもいいですか？」という気まずさを伴って、彼女が聞いてくる。

「関戸監督って、いまどうしてるんですか？」

「ずっと家で脚本を書いてるよ」

『濁流に泳ぐ人』を観た人の多くは、不条理に翻弄される健気な娘に心を寄せた。だけどあのラストシーンで、青子の涙が止まらなかったのは、本当は薫子が連続幼女殺人の犯人は父だとわかっていたからだ。それでも弁護士を目指して苦学し、判決を覆す可能性のある証言を執拗に集めていった。それは捏造ともいえる娘の哀しい狂気だった。

父を救うふりをして、自分の存在を救うために。

関戸が描いたのは、無実を信じることで父を追い詰めた娘もまた殺人犯であるという結末だったのだ。

晴海埠頭の対岸の灯は、夜が更けても消えることはない。海は暗いが、絶景の夜景ポイントではある。あの無数の灯のひとつひとつに、人々が暮らす部屋がある。

みんな、なにをしているんだろう。

どんなことを考えているのだろう。なにに怒り、泣いているのだろう。

湾岸の灯の先には、関戸を照らす灯も、関戸と関係を持った女を照らす灯もある。

青子はさっちゃんに、「お付き合いありがとう。そろそろ帰ろっか」と、お礼を言った。

## 3月3日(金)

## 莉里

食パンにマヨネーズを塗って、トースターに入れる。子ども食堂のおばちゃんに教えてもらったレシピが、最近の莉里のお気に入りだ。「溶けるチーズを載せてもおいしいよ」とも言っていたけど、家の冷蔵庫にはないみたいだ。

「なんかいい匂いがする」

起きてきたママは、髪の毛がぐしゃぐしゃで、目が半分ぐらいしか開いてない。グレーの上下のスウェットが、ママのパジャマスタイルだ。昨夜は莉里が寝るまでに帰ってこなかったから、何時に寝たのかはわからない。遅く帰ってくるときは、彼氏が泊まることが多いのに、今朝はいないみたいだ。

「ママも食べる?」

「どうしよっかな」と答えたあと、莉里の頭をぽんぽんと叩いて、リビングの壁を指差した。

お雛様のちぎり絵。

保育園のときに莉里が作った作品がセロハンテープで貼ってある。近くで見ても、遠くで見ても、あれがお雛様だとわかる人はママと莉里しかいない。

「芸術っぽいよね」

図工が得意ではない莉里は、そんなに上手くできたとも思えないが、ママはお気に入りで毎年必ず飾るのだ。

「ママも食べる?」

莉里がもう一度聞くと「お願いします」とママは言った。

桃の節句は女の子のお祝いで、お雛様はすぐに仕舞わないと、結婚が遅くなるという言い伝えがあるらしい。呪いみたいだと莉里は思う。

「今日はお昼の給食も、夜の子ども食堂も、きっとちらし寿司なんだよ」

莉里はママの食パンにスプーンでマヨネーズを薄く塗りながら言う。

「子ども食堂ってさ、お金、本当にいいの？」

ママがこの質問をするのは、もう8度目だ。

そのたびに莉里は八百屋のおじちゃんに確認したが、「ボランティアなんだから、莉里ちゃんが気にしなくていいんだよ」と言われた。気にしているのは、莉里ではなく、ママなのだけど。

「今度さ、ママも一緒に行こうよ。小さい子だけど、ママと一緒に来ている子もいるよ？」

莉里の誘いに、ママは少し考えているようだった。

「そうだね。一度くらいちゃんとお礼言わなきゃだよね」

マヨネーズトーストは、子ども食堂のおばちゃんに教えてもらったのだと、莉里は自慢げに話す。おばちゃんの家族は娘さんが2人いて、下の娘さんはママと同い年で、上の娘さんは6つ離れていて独身、ということも莉里は知っている。「子育ては楽しかった。できることなら、もう一度でもしたい」と、おばちゃんはいつも言うのだ。

「ママも子育てが楽しいといいな」と、莉里は聞くたびに思う。

「莉里さ、髪の毛結ってあげよっか」

学校では圧倒的にロングヘアーの女の子が多い。莉里のちびまる子ちゃんのようなおかっぱスタイルは、異色の存在といってもいい。「子どもらしくてママは好き」と言ったので、保育園の頃からずっと同じ髪型だった。

ママがヘアブラシとゴムを持ってきて、莉里の髪の毛をとかす。優奈ちゃんみたいな編み込みにするには、長さがだいぶ足りないし、萌子ちゃんみたいに何本も結わくのは、ゴムが足りない気がする。

「お雛様って、どんな髪型だっけ?」

三つ編みをしながら、ママが聞いてきた。

「お雛様は結ってなかった気がする」

じゃ、いっか、とママが手を離して髪をほどく。

「ごめん無理だわ。莉里の髪の毛、キューティクルすごすぎ」

三つ編みしたくても滑っちゃってダメだと言う。

「いいよ。莉里はいつものでいい」

そろそろ学校に行かないと遅刻する時間だった。ママがピンク色のゴムバンドを持ってきて、莉里の頭につける。

「天使みたいでかわいいよ」

大急ぎで洗面台の鏡の前に行って、莉里は入念に確認する。前髪の真ん中ぐらいの位置にぐるりとピンクのゴムバンドが巻かれている。かわいいのかどうかはわからないが、いつもと違う感じにソワソワする。歯を磨きながらずっと眺めていると「遅れちゃうよ」と、ママにランドセルを渡された。

マンションの入り口のガラス戸の向こうに、スーツ姿の男の人が立っていた。莉里が扉を開くと、ちょっと気まずそうな顔を見せた。

「茜、まだ寝てる?」

ママの彼氏は、ママを名前で「茜」と呼ぶ。

「起きてます」

莉里が答えると、彼氏はスマホをじっと見て、なにかを考えているようだった。スーツを着てるのに、仕事はお休みなのだろうか。

「茜は、なにしてんの?」

「たぶんマヨネーズトーストを食べています」

そっか、と興味がなさそうに、ママの彼氏はスマホから目を離す。

「入らないんですか?」

莉里が動けば、マンションの自動扉はしまってしまう。動かなければ、学校に行くことができない。

「やめとくわ。茜になんか嫌がられそうだし」

「ママとケンカしたの？」と莉里が聞くと、「まぁ、そんなとこ」と返ってきた。

莉里はママの彼氏にペコリと頭を下げて、慌ててゴムを押さえた。ピンク色のゴムバンドが取れちゃわないように、今日は「起立」はしても「礼」はやめとこうと莉里は思った。

## 3月3日(金)

## 知歌

朝のラッシュ時に地下鉄に乗るのは、約1ヶ月半ぶりだった。そのわずかな期間で満員電車の乗り方を、知歌は忘れてしまっている。ドアが開くたびに、背中から押し出されるように降ろされてしまう。

永田町の乗り換えでは、人の流れを邪魔しないように早足で歩いた。これだけ大勢の人がいるのに、話し声も表情もないまま、一方向に泳ぐ魚のように感じる。

こんなスピードが当たり前だったのか。

知歌は人々の群れから自分だけが取り残されたような心細さを、通い慣れたはずの地下通路で感じていた。青山一丁目駅に辿り着いてようやく腕時計が見られる。ボスとの約束までまだ中途半端に時間があった。

知歌の勤務する弁護士事務所は、駅近のビジネスタワーの中にある。自席に座って、コーヒーでも飲みながらボスが来るまで待てばいい。以前の知歌ならそうしていた。自分の勤務先なのだから。

プライベートな事情で迷惑をかけて、ずっと在宅勤務をさせてもらっている。いまの自分の立場でそんな厚顔無恥はできないと、事務所のビルを通り過ぎる。


外苑東通り沿いにある青葉公園は、この時間は人もまばらだった。知歌はベンチに腰かけ、駅のコンビニで買ったジャスミンティーのキャップを開けた。マスクをちょっとだけズラして飲もうとすると、湯気で眼鏡が白く曇る。

遊具の前には、よちよち歩きのかわいい女の子がいた。おまんじゅうのように着膨れて、一生懸命に鳩を追いかけている。さすがに厚着をさせすぎだろう。付き添っているのは年齢からするとおばあちゃんだろうか。

こんな都心で子育てをするのは、どれだけお金がかかるのだろうかと、知歌は余計な心配をする。青山一丁目はオフィス街でもあるが、高級マンションも建ち並んでいる。賃料だけで、知歌の月給を軽く超えるだろう。たとえ共働きだとしても、普通では考えられないことだ。どんな女性があの子のママなのか。そしてあの子のママは、どんな男性と結婚しているのか。

知歌の胎児は、もうじき10週目になる。

関戸に告げるまでもなく産めるはずがないと、一度は脚が大きく開く施術台の上に乗った。麻酔の点滴針を挿される寸前、知歌は「やめてください！」と叫んでいた。

その大きな声に、医師よりも驚いたのは知歌本人だった。処置は中止され、しばらくベッドに寝かせてもらった。堕胎をするならば、時間がない。だけど関戸はこの子の存在すら知らない。

騒いで迷惑をかけたにも拘わらず、看護師さんは「もう一度、彼と一緒にしっかり考えて」と知歌の背中をやさしく摩ってくれた。やさしくされると、余計に情けなくて惨めになる。無機質な白いベッドの上で、震える指で彼にメッセージを送った。

〈お話があるので、少しの時間でいいので会えませんか〉

ボスである木崎の部屋を9時ちょうどにノックすると、中から「どうぞ」という声がする。

「このたびは、多大なる迷惑をおかけしまして、本当に申し訳ございませんでした」

震える知歌の声に、木崎が聞いた。

「顔を上げてください。風邪でもひいてるの?」

自分の口に手を当てて、マスクの理由を訝しんでいる。

「いえ、そういうわけでは……」

知歌は急いでマスクを外して、茶色いトートバッグの中に入れた。芸能人でもないのに、マスクと眼鏡で顔を隠しているなんて、恥ずかしくて言えるわけがない。映画監督の不倫がメディアを賑わせてから、その浮気相手の特定は、意外なほど進まなかった。中年男性と並んでホテルから出てくる地味な女が、どこの誰であろうとそこに世間の興味はないのだ。耳目を集めるのは、妻である人気女優の反応で、関戸が彼女の夫でなければ、これほど話題になることもなかっただろう。

法律事務所勤務の30代一般女性Aさん。

それがモザイクのかかった知歌の情報のすべてだった。

木崎は物腰の柔らかさに反して、眼光には常に厳しさがある。

「いまのところは、特に迷惑もなかったけどね」

出されたコーヒーには手をつけず、知歌はじっと考える。

いまのところ。まさにそうだ。

モザイクのない写真がネットに晒されたら、眼鏡やマスクぐらいでは出歩くこともできなくなる。本当は既にメディアが、知歌の身元を特定している可能性もなくはない。Aさんの「実名」が明かされて、「勤務先名」「学歴」「家族構成」と、次々に情報がつけ足されていく。戸鳥青子に訴えられても、知歌には弁明の余地がない。不真正連帯責任が自分にはある。

「水戸さんは、本当に有能なスタッフだけど、ほら、在宅だと限界もあるでしょ」

ボスに呼び出された理由は、今後どうするか、だった。

「こういう場合、いつまでって決められないのがなぁ。年度末だし、水戸さんが来られないなら……代わりの人を探さないといけなくなる」

言葉を選びながら話すボスの厚意に、これ以上は甘えられない。不倫相手の子どもがお腹にいると、知歌に言う勇気などなかった。

「この先もご迷惑をおかけするわけにいきませんので……先生には……」

知歌はトートバッグの中からハンカチを取り出し、口もとを押さえて続けた。

「お世話になったのにも拘わらず、このような辞職となりまして情けないです」

木崎は残念そうな顔をしながらも、引き止める言葉はなかった。

事務所を出て、再び青葉公園のベンチに座った。着膨れていた女の子も、鳩たちも、みんなどこかへ行ってしまっていた。すっかり冷えてしまったジャスミンティーを知歌は飲み干す。ひと息ついてもまだ、底の知れぬ泥沼にでも立っているような心地がする。どんなに世間が騒ごうが、知歌は関戸の住所すら知らないのだ。共通の知人だって、ひとりもいない。関戸がスマホの番号を変えてしまえば、連絡を取ることも適わない。そんな脆い糸で結ばれた関係を思うと、内臓はギュッとすくんだ。

かわいそうな女だと、他人から思われるのが許せなかった。自らの幸福は自己責任といわれ、不幸は恥とされてきた。幸せを摑むのは個人の能力で、不幸になるのは生きるセンスがないと言わんばかりに。

不倫に溺れた恥。大切な人からの信頼を失った恥。無職になった恥。

産婦人科のベッドから関戸に送ったメールは、１ヶ月経っても返信がなかった。

これだけの恥を上塗りしても、「関戸になかったことにされる恥」の方が怖い。あきらめが悪くてみっともないと、いままでの自分に蔑まれるとしても。

膝の上に置いた茶色のくたびれたバッグからスマホを取り出してメッセージを打つ。

〈関戸さんにご迷惑はかけません。会ってお話がしたいです〉

送信ボタンを押した後も、指の震えはおさまらなかった。

## 3月3日(金)

## 美智子

面会開始時刻の11時に遅れてしまう。

ＪＲ武蔵小金井駅の南口を出て、美智子は商店街を全速力で進んでいく。訪れるたびに、先月にはなかったお店がオープンしている。

急ピッチですすんだ駅前の再開発。のどかだった町並みは、大きなショッピングモールと高層マンションへと変貌した。美智子はいまだその景色に慣れず、来るたびに違う駅で降りたかと錯覚してしまうのだ。それでも駅から少し離れると、昔ながらの住宅街が広がっている。小金井街道の坂道を下っていったところに、義母の老人ホームはあった。

桃の代わりに節句を祝うように、前庭の紅梅が美智子を出迎えた。

夫の母には10年ほど前から認知症の兆候が現れた。すぐさま自分で調べたホームの見学に行き、娘や息子にも相談せず、さっさと入居手続きを完了させてきた。弁護士だった義父が逝って2年も経たない頃だった。

「こんにちは、お義母さん」

ぼんやりとして口数が少ないときと、本当に認知症なのかしら？　と思えるようなときもある。日によって症状の差が大きいのだ。

今日は良い方の日だわ。

杖にもたれずに立ち、右手をすっと上げた様子に美智子はホッとする。義母の目にしっかりとした力がある。86歳とは思えない豊かな白髪。洗髪してもらいやすいようにと、すっかり短くしてしまったが、首もとに巻いたグリーンのスカーフがお似合いだ。一朝一夕では身につかないその品格に、美智子は背筋がしゃんとする。実の母とは違う緊張感を、美智子は未だに感じるのだ。

「待っていたわ」

毎月3日の午前11時。

いつもエントランスまで降りて、美智子を待っていてくれる。

顔馴染みのヘルパーさんと一言二言、会話をして、車椅子のハンドルを美智子が譲り受けた。義母が自分で歩くと言うので、「お庭を散歩しますか?」と申し出ると、「まだちょっと寒いから、お部屋にしましょう」と、しっかりした声が返ってくる。

日当たりの良いワンルーム。

ＩＨコンロ付きのミニキッチンまで入れると、40平米ぐらいある贅沢な広さだ。入居を決めてすぐに、新百合ヶ丘にあった古い屋敷を未練もなく処分したのも、親類縁者を驚かせた。所縁のない土地を終《つい》の住処とする思い切りの良さ。義母らしいと美智子は惚れ惚れする。武蔵小金井を選んだのは、「子どもたちとほどほどの距離だから」。義母の説明を聞いて、「あなたたちは自身の人生をしっかり生きなさい」と言われた気がした。

持参した義母お気に入りの紅茶葉を見せると、嬉しそうな表情を見せてくれる。

「ティーカップは棚にあるわ」

マルコポーロの缶を開けると、バニラのような甘く芳しい香りがする。お湯を沸かしながら、美智子は棚からカップをふたつ取り出した。ヘレンドのティーカップ&ソーサーは、美智子が嫁にきたときから使っている年代物だった。

両親も義父も他界したいま、月に1度の義母との時間が、美智子にとってかけがえのないものになった。たとえ会話が成立しないときでも、紅茶を淹れて向き合って座る。美智子の人生を知る生き証人の前に。

「あら、いい香りね。なんていう茶葉かしら?」

「お義母さんのお好きなマルコポーロですよ」

すっかり柔和になった物言いは、若い頃の義母にはなかったものだ。

認知症は、午後になるほど状態が悪くなる場合が多い。「夕暮れ症候群」とも呼ばれ、面会できる開始時刻に合わせて美智子が訪ねるのはそのためだ。

それでもやはり、決してひっくり返せない砂時計のごとく、少しずつ進行していることが悲しい。

「今日は、美智子さんにこれを渡そうと思って」

ティーテーブルの上に、義母が古いジュエリーボックスを置いた。

「これは……」

開けてみると、義母が姑から譲り受けたという大粒のブローチがある。「わたしが逝ったら、次は美智子さんの番ですよ」と、結婚してから何度か聞いたことがある。

実の娘たちでなく、嫁に、という配慮だけで、美智子は十分嬉しかった。

アレキサンドライト。

エメラルドのようなブルーグリーンの天然石の周りには、小さなダイヤモンドがあしらわれている。この宝石は、太陽光のもとで見ると淡い青緑色だが、夜の照明に照らされるとルビーのような赤色に変わる。

「お義母さん、そんな、まだいただけないですよ」

手にのせたブローチをそっとケースに戻して、美智子は義母の前に押し返した。義母の目は、しっかりとした光を放ちながら潤んで見える。やさしくも含蓄のある眼光が、義母に宿っている。

「美智子さん、あの子を赦してやってほしいのよ」

夫が別離を決断したとき、誰よりも美智子の気持ちを理解し、厳しく叱咤してくれたのも義母だった。息子の気持ちが変わることはない、と判断したとき、美智子の前ではっきりと言い放った。

あなたにどんな事情があろうとも、父親としての責任を放棄することは許しません。美智子さんの人生を狂わせた責任に、一生かけて向き合いなさい。今後の決定権はすべて、美智子さんに渡しなさい。

ご両親にも申し訳が立たないと、憔悴する美智子に謝りながらも、自立をするよう背中を押した。

しっかりなさい。

夫婦がどうであれ、あなたはふたりの娘の母親です。子育てに困ることがあれば、いつでもわたしのところに来なさいと。

なぜ、今日になって、ブローチを渡そうとしたのか。息子への赦しを請うたのか。

美智子がしばらく言葉をみつけられずにいると、

「あの子もこの石みたいなものだったのよね」

義母は言った。

アレキサンドライトは、光源によってまったく違う石に見える。だけど同じひとつの石。自分の知らない息子の色を受け入れられず、別人になってしまったように感じたけど、ぜんぶあの子だったのよ、と。

「いまさら気づくなんて嫌になっちゃう。母親になったって、老婆になったって、女って未熟だもの。でも男の人だってきっと同じだわね」

窓から差し込む光に、義母の白髪も、キラキラと金色がかって見える。

離婚なんて、別にめずらしい話でもない。どこにでもある不幸のひとつだ。女手ひとつで立派に子どもを育てる母親だってたくさんいる。

それでも夫の告白は、美智子の存在を根底から否定するような恐怖があった。籍を抜いてしまえば、偽りの結婚であったことになる。バツイチなどと簡単な言葉で済まされてしまったら、わたしの苦しみは誰にも同意してもらえない。籍だけが、自分の存在を守ってくれる。それこそが25年間、美智子が離婚を選択できなかった理由だった。


「お義母さん、わたしは恨んでなんていませんよ」

自分の口をついて出た言葉に、嘘はない。

我が身を焦がすような悲しみも、怒りも、憤りもいまは静まり、やり場のない愛しさと虚しさだけが残っている。

わたしは夫を赦しているのだろうか。

美智子は、ティーポットから2杯目の紅茶を注ぐ。義母は「ありがとう」と、カップに手を伸ばした。

「淳哉があなたをどれだけ傷つけてきたことか。それでも勝手なことを言わせてもらえば、わたしはあなたがお嫁に来てくれて、こうしておしゃべりができて、嬉しかったわ」

美智子は「こちらこそ」と、義母の手をそっと両手で挟む。

# 3月3日(金)

## ヨウ

　時速80キロで景色がびゅんびゅんと飛んでいく。ラジオから聞いたことのない若者のロックが流れている。ヨウは助手席で、ずっと膝を抱き抱えている。午前中で仕事を切り上げて、淳哉が運転手を買って出てくれたのだ。ひとりだったら、やっぱりやめようと、キャンセルしていたかもしれない。

　40年ぶりの帰省なんて、ドラマチック過ぎて自嘲したくもなる。そんなことがリアルに我が身に起きるなんて、憂鬱以外の何物でもない。日本からいちばん遠いといわれるパラグアイの都市エンカルナシオンよりも、さらに遠い場所。それがヨウにとっての生家だった。

自宅のある広尾から玉川インターまでは混んでいたが、第三京浜に乗ってしまえば、横浜まで30分とかからずに着いてしまう。

三ツ沢の出口を過ぎたあたりで、淳哉がニヤニヤして言う。

「帰りに高校寄ってキスでもしようか?」

ヨウは卒業して以来、一度も近づいたことがない。

「そんな心のノリシロないわ」

淳哉のめずらしい軽口。心をほぐそうとしてくれていることが嬉しくもあり、余計に気を重くさせる。

高校を卒業して家を出てから、母とは何度か手紙のやりとりをしていたが、生存確認ぐらいの内容だった。「たまには顔を見せなさい」と、言われたこともない。

最後に会ったとき父は、45歳。キャリア官僚だった。いまは85歳になる。最後に会った母は43歳で、83歳になっているだろう。ヨウが思い出す実家の風景は、父親の顔色を窺いながら、台所で背中を丸める母親の姿だ。母は3人の子どもを育てながら、いま思えば女盛りともいえる年齢だったのだ。だからといって、母が虐げられていたわけではない。内助の功こそ妻の鑑。それが当たり前の時代ではあった。

港北インターで降りると、無情にも、窓外の景色はあっという間に石川町に移っていく。坂道の多いこの町が、ヨウはずっと嫌いだった。石畳の中途半端な商店街も、荒《すさ》んだ裏通りも、薄気味悪いトンネルも。楽に呼吸ができる場所なんて、どこにもなかった。


実家から少し離れたところで、淳哉がクルマを停めた。

「終わったら連絡して。こっちもテキトーにしてるから」

ヨウは見慣れた門の前に立ち、古びた日本家屋を眺める。玄関の脇にある黒松は、以前と変わらない形で手入れされている。

「会いに帰る」と電話したのはヨウからだった。親に何も言わないまま、この世を去るわけにもいかない。心の準備なんて、なにを準備すればいいのか見当もつかないまま、今日を迎えてしまった。

短くはない別離の間に、親の期待から大きく外れた末っ子を、受け止める隙間はこの家に1㎜でもできただろうか。


呼び鈴を鳴らすと、帰りたくなるほど長い間を置いて扉が開いた。目の前に立つ老齢の男は、健康そうで肌艶がいい。対照的に頭髪はすっかり薄くなっている。

「入りなさい」

高圧的に響く声は、確かに父のものだった。

この家の持つ匂いがする。

住んでいるときは一度も感じたことのなかった匂い。今日まで忘れていた匂い。言いようのない懐かしさは、ヨウがここで育ったという証だった。用意されていた客用のスリッパを履くと、廊下の奥には、本当に背中が丸くなった母が杖をついて立っていた。物憂げな顔は、確かに母のものだった。

居間に通されると、父が盆に急須と湯呑みをのせて運んできた。ヨウは父のそんな姿をはじめて見る。

「あなたの好きなくろざわの大福、お父さんが買いに行ってくれたのよ」

股関節の痛みで坂道は歩けなくなったと、母はパーソナルチェアに座ってしきりに脚をさする。

「家事はお父さんがみんなやってくれるのよ。お味噌汁なんて、わたしより上手になったわ」

母はおいしそうにお茶を口に含み、ヨウに向かって言った。

「あなたには、まだちょっと熱い」

末っ子は、猫舌が多い説。

母親が口をすぼめてふうふうと冷ましてから、ごはんを食べさせてくれた遠い記憶が残っている。猫舌の原因が甘やかされて育ったことだとするなら、ヨウも例外ではなかったのだろう。

古い飾り棚の上には、所狭しと写真立てが置いてある。見たことのない子どもに囲まれて父と母が笑っている。孫が5人もいるのかと思うとヨウは少し安心した。飾ってある写真の中に、自分の姿は一枚もなかったとしても。

「お前も、いよいよ還暦か」

父の言葉に、「あと2年で」と、ヨウは答える。

センセーショナルな再会に、涙ながらに抱き合うことも、罵倒し合うこともない。ずんだ餡の包まれた黒い大福を静かに食べ、ただお茶を飲む。こんなに淡々としていたらドラマにもならない。

ヨウは家を出るときまで、爪のネイルを落とそうかと迷っていた。

いつもどおりの自分で会おう。

そう思えるまで、果てしないほどの時間がかかったのだ。

春めいた陽が居間の中にまで差し込んで、おだやかな眠気を誘ってくる。

自分の命は、あと2年はないであろう。

そのことを伝えるために、覚悟を決めて会いに来た。けれどその必要はないのかもしれない。

人生はなるようにしかならない。

どんなに血を分けた親子であっても、大事にしたいと思うものは違うものだ。自分とは異なる価値観を、受け入れられないこともある。ならば、受け入れられなかった事実も、事実として受け入れること。長い時間をかけて、父と母が辿り着いた答えなのだと、ヨウは感じていた。両親はヨウを拒絶したことを、きっと後悔などしていないだろう。押し付けて改心を迫ることをしないために、彼らなりの距離が必要だった。

帰りの第三京浜もスムーズに流れていた。

「来週、あなたの誕生日だから」と、帰り際に母に渡されたのは、黒い大福と同じ和菓子屋の紙袋だった。ヨウは中を開けて、「高校にちょっと寄ってもいいかな」と聞いてみる。

淳哉は「いいね」とだけ言って、三ツ沢の出口ですぐに降りた。

陽が陰りはじめた校庭では、ハンドボール部の部員たちが声を上げて練習をしている。ヨウたちが卒業してまもなく建て替えられたはずの新校舎は、すでに貫禄が出ていた。

この場所で、劣等感に苛まれ、自分を呪い、毎日を怯えながら生きていた。元気に走りまわる男子生徒たちを見ながらヨウは思う。

その日々は歪みながらも青春であった。

40年かかった。

母にもらった紙袋から雛あられを取り出し、ヨウは力いっぱい校庭に撒いた。ひと月遅れの豆まきのように。下校する男子生徒たちが、怪訝そうにヨウを見ている。

どうかみんなに福が訪れますように。

「お前も立派に育った」

父の言葉が胸に迫り、ピンク色のあられを一粒、口の中に入れた。

雛あられなど食べた記憶もないのに、甘くて懐かしい味がする。

## 3月3日（金）

## 莉里

錦糸卵の話を、莉里はおばちゃんとしたいと思っていた。
やっぱり今日の給食はちらし寿司だった。上に飾られている薄い卵焼きが、錦糸卵ということは知っている。錦糸とはなんであるか、国語辞典を引いても載ってない。「錦の糸」は、「錦のような美しい糸」と書かれていて、なぞなぞみたいだった。
次に調べた「錦」とは「複数の色糸を用いて模様を織り出した総称」と書かれている。着物の帯みたいな写真が載っていたが、もうそれのどこが細切りの卵につながるのか、莉里にはさっぱりわからなかった。
いつもより早めに来たからか、子ども食堂は男の子が4人と、小さな女の子が赤ちゃんを抱いたママと一緒にごはんを食べていた。男の子たちは、ゲームの話に夢中になりながら、あっという間におかわりをする。

莉里はリュックを畳の上に置いてから台所に行って、おばちゃんの隣に立った。唐揚げを揚げるジュワーッという音も、パチパチという音も、聞いているだけで楽しい。

「油がはねると危ないから、ちょっと離れてて」

いつもより厳しいおばちゃんの口調に、莉里は錦糸卵の質問も後にしようと、食堂に戻って待つことにした。

今夜の子ども食堂のメニューは、莉里の予想に反して唐揚げとグリンピースごはん。菜の花の胡麻和え。新玉ねぎのお味噌汁。それと塩昆布を散らしたスライストマト。

「グリンピース、まじい！」

と、騒いでいる男子を、

「そういうこと言うヤツは3杯食えよ！」

おじちゃんが指で頭を小突く。

莉里が畳に座ると、穴の開いた靴下から親指が出てきた。よく見ると踵の部分も薄くなって、そろそろ穴が開いてしまいそうだ。

「いただきます」

小さな声で言って、ひとりで食べはじめる。

「莉里ちゃん、ごめんね。明日の分のカツも揚げてたから」

だから時間がかかったのか。お皿がどれも空っぽになってから、おばちゃんが隣に座った。きっと明日はカツ丼かカツカレーだ。どっちだとしても男子たちは大喜びだろうと思う。おばちゃんは莉里の湯呑みにぬるめの番茶を注いでくれた。

「ねえ、おばちゃん錦糸卵ってさ」

待ち構えていた莉里は、錦糸卵の謎について一息で説明する。

「そんなこと考えたこともなかったわ」

おばちゃんはお茶をすすりながら、しばらく考えているようだった。

「いまからやってみようか」

そう言っておばちゃんは台所に戻り、冷蔵庫から卵を2個取り出した。「わたしが割る」と言うと、「ちょっと難しいよ」とお椀を2つ、莉里に渡す。

「黄身と白身を分けられるかな？　1個お手本でやってみるからね」

おばちゃんはふたつに割った殻を使い、2回3回と黄身だけを移動させながら、白身だけをお椀に落とした。莉里も真似してやってみると、どうにか上手にできた。

「しゃかしゃかして、よく溶いてね」

どちらのお椀にも少しだけ牛乳を足して、お箸でかしゃかしゃと掻き回す。卵を溶くときに、「かしゃかしゃ」ではなく「しゃかしゃか」というのは、おばちゃんだけだと莉里はいつも思う。

フライパンで焼いたのは、白と濃い黄色の2色の薄い卵焼きだった。包丁で細く切るのは莉里がやりたいと申し出ると、「まだ熱々だからおばちゃんがやる」と言われた。「火傷しないの?」と心配すると、

「何十年もやっているから、慣れっこよ」

と、おばちゃんは笑う。

細切りにした白と濃い黄色の2種類を混ぜて作る錦糸卵は、いつものよりも断然キレイだった。錦の「複数の色糸を用いて」もクリアされている。

「昔の人は、こうやって作っていたのかもしれないわね。でも手間がかかるから、次第に1色で済まそうってなったのかもね」

おばちゃんは、ラップに包んで「本物の錦糸卵」を莉里にくれた。このまま冷凍もできるよ、と言い添えて。

「それか、単語の切るところが違う可能性もあるわね」

おばちゃんは、まだ考えているみたいだった。

「錦って、単純に色が綺麗っていう意味もあるのよ」

その場合は、「錦糸みたいな卵」じゃなくて、「錦みたいな糸のように切った卵」になるのかしらね、と。「おばちゃん、すごいね！」と拍手をしたら、手を両頰に当てて、照れちゃうのポーズになった。莉里はノートに、おばちゃんの仮説を書いておく。

19時を回ると、残っているのはひとりだけになっていた。

「あ、そうだ。今度ママも来たいって言ってたよ」

莉里が伝えると、おばちゃんは見たことのない顔になる。怖がってるような、嫌がってるような。子ども食堂だから、小さい子じゃないとママが来るのはダメなのかもしれない。

「ママはごはん食べるんじゃなくて、おばちゃんたちにお礼が言いたいからって」

莉里が慌てて付け加えると、おばちゃんが聞いてきた。

「莉里ちゃんのママ、何歳なの？」

やはり大きい子どものママはダメなのだ。

「いまは29歳。今年ミソジだって。たぶんおばちゃんの2番目の娘さんと同い年」

おばちゃんが眉間にちょっと皺を寄せた。

「莉里ちゃんのお母さんは、どんなお仕事をしてるの？」

莉里ちゃんのママから、「お母さん」に変わったのはなんでだろう？　ママの仕事を、どうしておばちゃんは知りたいのだろう？

「……銀座のジュエリー屋さんだよ」

「ママの恋人って、お正月に一緒にいた男の人よね？　最近も莉里ちゃんの家に来たりしているかしら？」

お母さんがママに戻った。こんなにおばちゃんの質問が続くのははじめてでドキドキする。

「今朝、学校行くときに会ったよ。でもママとケンカしてるって言ってた」

おばちゃんの眉間の皺は、どんどん深くなっていく。

「いつ莉里ちゃんのママが来るか、決まったらおばちゃんに教えてくれる？」

莉里は「うん」とうなずくと、ノートと錦糸卵をリュックの中に入れて、急いで帰り支度をした。

## 3月4日(土)　ひかり

「どこ行きたい？」

寝坊気味でレンタカーを借りた直人は、案の定ノープランだった。であれば直人のご両親のお墓参りに行きたいとひかりが言うと、「なんでそんな墓にこだわるわけ？」と言いながらも、直人はナビを左手の長い中指で設定した。その隣の指には、ひかりとお揃いのデザインの指輪がある。

昨夜めずらしく早く帰宅したと思ったら、直人はリビングのソファに座って、ずっとプレステのゲームをしていた。なんで突然そんな気分になったのかはわからない。

「明日どっかドライブでも行く？」

ＶＲゴーグルを外した直人からの誘いは、ひかりにとって、小躍りしたくなるような、いや、全世界に大声で報告したくなるような事件だった。冷凍庫をガサゴソとあさって、お弁当の準備に取り掛かる。深夜になってもゲームを続けていた直人に「明日起きれなくなるよ」と喉まで出かかったが、先に寝ることにした。

直人から「もう別れよう」と言われてから、１ヶ月半近くの間、帰りの遅い日も、出張と言って帰ってこない日も度々あったが、直人はその話には触れなかった。だからひかりもなにも言わなかった。ＡＫＡＮＥとの動向を知りたくても、スマホを盗み見るチャンスは訪れない。

たとえぎこちなくとも、言葉数は少なくとも、別れ話になるよりはマシ。

半年ぶりのデートは、ひかりのお墓参りの願掛けが叶ったのだと、半ば真剣に思っている。

山梨の釜無川《かまなし》の上流にある、市営の火葬場に併設された墓地。遠くには山々が見え、緑溢れるその場所に本当の「福吉」のお墓はあった。

「東京よりこっちの方が良いところじゃん」

ひかりがそう言うと「冗談だろ」と直人はバツが悪そうに笑う。

直人はこの町には住んだことがない。

親の転勤が多く、直人は小学校を4回、中学で2回、高校で1回、転校を繰り返したという。東京の大学を卒業してすぐに、社員寮のある不動産会社に就職した。

「俺は根無草だから、地元がある奴が羨ましいよ」と、直人はいつも自虐的に笑っていた。

親とは大して仲が良くなかったし、上京してからは滅多に会うこともないままに、交通事故でふたり一緒に亡くなってしまった。そして父親の郷土であるという、この墓に入った。

「だから墓なんてどこでも良かったんだよ。こんなところまで一緒に連れて来られても、面倒なだけだろ」

あのときひかりから「東京から絶対出たくない」と聞いたから、同じ苗字の墓を四谷に偶然みつけて、なんとなく口から出ただけ。

「俺ん家の墓が、あんな都心の一等地にあるわけないじゃん」

淋しい嘘。

義父母へのせめてもの勤めと思ったお墓参りが、直人を追い詰めていたのだと、ひかりは悲しい気持ちになった。

春めいてきた光に反射して、水面がキラキラしている。

釜無川を見ながら、ひかりは家からサーモマグに入れてきたコーヒーをひとくち飲む。川幅が広くなったり狭くなったりしながら、太陽の光を反射させて川の水は音もなく流れていく。

川縁に腰を下ろし、お弁当を広げる。

早起きして今朝作った卵焼きと唐揚げを、蓋を皿に盛ってあげると、「サンキュ」と直人が受け取った。

「うまいわ」

美智子仕込みの唐揚げは、直人の好物なのだ。

ラップに包んだ小さめのおにぎりを、直人はふた口で食べる。ひかりの作ったおにぎりは、今日はおかか梅オンリーで無念だった。もっと早く言ってくれたら、直人の好きな明太子を買いにスーパーまで行けたのに。

「四谷の住職さんがさ、幽霊に会ったみたいな目でわたしを見てさ、いま思えば笑っちゃうよね」

ひかりの冗談に、直人は笑わなかった。

「ナオくんのおじいちゃんおばあちゃんの家って、この近くじゃないの？」

デザートの苺に楊枝を刺すと、直人は「ひかりが食べなよ」と言う。

「別に会いたくもないし。会っても話すことないし」

ひとりでさっさと立ち上がって、直人は川のほとりまで歩いていく。東京では見ない大きな水鳥が、ばさばさっと羽を広げて飛び立っていく。

「向こうはナオくんに会いたがってるかもしれないじゃん？　かわいい孫なんだから会いたいに決まってるよ」

ひかりはお弁当箱を持ってきた袋に乱暴に突っ込んで、直人のあとを追う。腕を組むと直人は嘲笑を浮かべていた。

「だからさ、うちはお前ん家みたいじゃないいんだって。仲良し家族じゃねーし、ってかそもそも家族に仲がないし。墓に行ったんだから、もういいだろ」

ひかりは直人の腕を、ぎゅっと摑む。

「うちだって、大したもんじゃないよ。親はずっと別居してるし、おねいちゃんはとんでもない不倫しでかして」

ひかりの家族の自虐ネタにも、笑顔はない。

直人は河原の石を拾って、水面に投げた。ぽんぽんと水を切るのかと見ていると、ぽちゃんと落ちたまま跳ねてこない。

「ひかりできる?」

ひかりは平べったい石を選んで、指に引っ掛けて投げる。

ぽちゃん、ぽちゃん。1度だけ、バウンドに成功した。直人が迷子の子どもみたいな顔になって、堪らなく胸が締めつけられる。

「こういうのって、ガキの頃に教わってないとできないんだよ」

そう言った直人が、ひかりは意外だった。

「だったら子どもができたらさ、みんなで練習すればいいじゃん」

直人は「そうしよう」とも「しない」とも言わず、黙って水面を見つめている。

「いつかまた来ようよ」とひかりが言うと、「ひかりの弁当はうまいからな」と、直人は答えた。


帰りの中央高速は、ひかりがハンドルを握った。夕方だからなのか、渋滞がひどい。大月インターの手前から、ほとんど動かなくなってしまった。隣で直人が寝息を立てている。助手席のリクライニングを倒して眠る彼にとって至福の時間になればいい。

ちゃんとふたり一緒に、お墓参りができた。

これ以上、あたらしい嘘が増えなければ、それでいいのではないか。

久しぶりのデートと呼べる外出が、こんなにも嬉しいと感じるのだ。直人がふらふらと女遊びをするのは、育ってきた環境によるところが大きいのかもしれない。直人の心が迷子になるなら、わたしが大声で名前を呼ばなきゃ。

「……どこ？」

目を覚ました直人が、眩しそうに顔を歪める。

「もうすぐ相模湖だよ」

長い渋滞もようやくちょっとずつ流れてきたところなのだ。

「マジかよ。たいして進んでないじゃん」

直人は舌打ちして、ひかりに背を向けて寝直そうとする。

「ごめんね。まだ寝てていいよ」

ひかりは、永遠のように続いて見える赤いテールランプを見つめ、湧いたばかりの決意が萎んでしまわないようにと願う。

その夜、直人はレンタカーを返してくると言って出かけたまま、朝まで帰ってこなかった。

## 3月4日(土)　青子

「ただいま～おかえり～。ホントお疲れさま～」

トートバッグと花束をどさっと床におろして、青子はソファに身を沈める。自分を励ますように声に出しても、もう一歩も動ける気がしない。

過密スケジュールだったドラマが撮り終わり、晴れて今日でお役御免となる。いつもより疲れたのは、青子に気を遣う現場の空気感だった。去年から決まっていた仕事であり、原作がある脚本だから人物設定を変えるわけにもいかなかった。

役どころは、夫に裏切られた悲しみからその愛人を刺し殺した妻。

世間を賑わせたゴシップを知っている人たちからすれば、夫を庇うのも、愛人を罵るのも、青子の演技に妙なリアリティを生んでしまう。

「あの人のことは責めないでください。本当は弱い人で、あの女に騙されただけなんです！」

こんな台詞じみた言葉を、実際に口にする妻は滅多にいない。だけどいまの青子が言えば、皮肉にも台詞が台詞として聞こえないのだ。全国の視聴者たちにも広がるおかしなリアリティを想像するだけで、さらに気が滅入った。女優にとって、これ以上に惨めなことがあるだろうか。

サイドボードの上に飾ってあるドライになったミモザを見て、

「やば。水やらなきゃ」

と、よいしょと立ち上がろうとする。いちいち声に出さないと、鉛のように重いからだは起動してくれないのだ。そしていつまでも、ネガティブな感情で心を埋め尽くしたくない。

今日はヨウが、スタジオまでお花をわざわざ届けてくれた。楽屋に顔を見せなかったのは、現場に気を遣っただけじゃないのだ。病状は安定しているというが、いつ病院に運ばれてもおかしくない。おそらく体重も落ちているだろう。

青子はヨウから病状を打ち明けられたとき、信じられないのではなく、真っ先に信じたくないと思った。

ヨウの選んでくれた黄色ばかりのチューリップを、どれに生けようかと、花瓶を探す。ミモザを飾っていたブルーの陶器も合いそうだが、チューリップはしなやかな緑の茎や葉まで愛らしい。青子は筒状のガラスに生けることにした。

ヨウからの花は黄色が続いていると思うと、青子はちょっぴり切なくなる。

元気が足りないときのビタミンカラー。いまの自分にこれほどぴったりの色もない。

チューリップの茎の切り口に、砂糖をすり込む。手間ではあるが、花持ちがだいぶ良くなるのだ。日に日に朽ちていく姿を見たくなかった。チューリップも、ミモザみたいにドライフラワーにできればいいのに。直射日光が当たらない部屋の隅を選んで、花台を置いて飾る。


騒動以来、外出を控えている夫からは、めずらしく出かけると連絡があった。「夕食までには帰ります」ということは、今夜も家で食べるということだ。関戸は毎日マンション内のジムに通って、せっせと食事を作りタンパク質を摂っている。夕飯は、冷凍してある野菜スープと、チキンでも焼けばいいだろう。青子が冷凍庫を開けて鶏肉を探していると、タイミングよく玄関の扉が開く音がする。

「おかえりなさい」

キッチンから大きな声をかけると、入ってきた関戸にいきなり抱きつかれた。

「ちょっ」

わけもわからず、青子は尻もちをつく。それでも関戸はしがみついたまま離れようとせず、開けっ放しの冷凍庫が警報音を鳴らした。

青子が扉を閉めようとすると、関戸がタイルの床に手をついて呟く。

「ことりに尊敬されたかった。ことりに甘えたかったんだ」

うなだれる夫に「彼女と会ってきたんだな」と、青子は察した。この2ヶ月で、関戸の後頭部はだいぶ薄くなったような気がする。

青子は冷蔵庫から白ワインのボトルを出して、グラスになみなみと注いだ。

「話があるなら聞くけど、ここじゃお尻が冷たいでしょ」

関戸の腕を取って、青子はソファの前のラグに座らせた。さっきまで座っていたソファが、チョモランマの高さに思える。

もう本当に疲れ果てました。

ローテーブルにグラスを置いて、沈黙に耐えてじっと待つ。その永遠のように感じる時間に、黄色がかった白ワインはビタミンカラーとしてはだいぶ頼りない気がした。

「……申し訳ない」

沈黙の末に、関戸が消え入りそうな声で言う。

「……なんて？」

「認知だけはしないといけない」

「認知って、子どもができたってこと？」

言葉を失う状況において、わかりきったことを青子は口にするしかなかった。妊娠10週に入る。今日までずっと連絡を取っていなかった。関戸は苦しそうに声を絞り出す。

「それって、しないといけない、じゃないでしょう。お願いだからこれ以上、人間性を疑うようなこと言わないで。あなたが父親なら認知するのが当然だし、育てる義務もあるでしょう」

青子の静かな物言いを、関戸は吠えるように遮った。

「わかってたよ！　ことりは絶対そう言うって。なんでそんな簡単に言えるんだ！」

関戸はラグに、器用な子役のように次々と涙を落とす。

そんなんじゃ見ているこっちは泣けないよ。

いつかの関戸の言葉が、青子の中にこだまのように響いている。

「じゃあ、わたしはなんて言えばいい？」

「別れないって、別れたくないって、言ってくれよ」

妻として地獄はいま、何丁目だろうか。

夫は自分の言っていることが、破綻しているとわかっているのだ。冷静で思慮深いはずの男が、恥ずかしげもなく駄々をこねている。

この世界を誰よりも深くやさしく掬い取ろうとする映画監督の関戸正高が。

こんなにも壊れていたことを、わたしは気づかないふりをしてきた。夫の精神も、夫婦関係も、とっくに壊れていたのだ。せめて自分だけは壊れないようにと、青子は必死だった。その代償がこれなのか。

「だったら避妊ぐらいすればよかったのにね」

青子はトートバッグの中に鍵と財布を投げ入れて、玄関を飛び出した。

# 第五章　春分あたり

永遠の愛はなくとも、
ずっと好き。

## 3月19日(日)

## 知歌

大学病院の最上階に、こんなに立派なカフェラウンジがあるとは知らなかった。知り合いのお見舞いがあるからと、父から場所の指定があったのだ。有名なホテルが経営していて、パジャマ姿や点滴をつけた客が利用していなければ、ここが病院であることを忘れてしまいそうだった。

知歌は窓際に席をとり、あたたかいハーブティーを頼んだ。店員さんには「お連れさまをお待ちになりますか」と聞かれたが、なにせ約束の時間よりだいぶ早く着いてしまった。自分から父親を呼び出すなんて、はじめてのことだったから。そして不倫騒動が起こって以来、父とは顔を合わせていなかったから。

ガラス張りの窓の向こうには、神宮外苑の杜が広がっている。今日は残念ながら花曇りで、五分咲きの桜も、あと3、4日もすれば満開となるだろう。

外苑の杜は、関戸と一緒に歩いた。

あたらしい国立競技場の向こうには、何度か通った地下のビストロがある。秩父宮ラグビー場の奥には、何度となく通ったホテルがある。

あの頃は、夜の気温は10℃を下回っていたはずなのに、知歌は寒さを感じた記憶がまったくない。ふわふわと霞がかかったような感覚が、たった2ヶ月間の出来事を包み込んでいた。

待ち合わせの時間をちょっと過ぎて、父はやってきた。

「遅れてすまない」

スーツもジャケットも着ていない父を、知歌は久しぶりに見た気がする。

「元気そうだな」

父はホットコーヒーを頼み、伝票をさりげなく自分の方に寄せた。

「ごめんなさい。忙しいのに」

立ち上がって謝る娘に、「なに言ってるんだ」というように、父は知歌を見た。

「お母さんに話す前に、自分からお父さんに話したくて。すぐ筒抜けになるし、尾ひれもついちゃうから」

知歌はガラスポットを揺すりながら、カップにハーブティーを注いだ。堕胎を取りやめた日から、生きていく術を必死で考え続けてきた。

「あの……お父さんに迷惑をかけるかもしれないし、甘えを承知でお願いするしかないんだけど、お父さんのところでわたしをしばらく雇ってもらえませんか。弁護士はダメだったけど、ロースクールからの知識はあるし、パラリーガルとしての経験も積んでいます」

知歌は頭の中で何度も繰り返した申し出を一息で言い切った。


「驚いたな」

言葉のとおり、父はそのままの表情をした。いままで父が差し伸べようとした手を、知歌が取ることはなかった。司法試験の勉強がうまくいかないときでさえ、頑なに相談しなかった。本心を言えば、自力で合格することが、自分を捨てた父を見返すことになると意固地になっていた。ロースクールに通っても、祖父の代から続く父の弁護士事務所だけには、近寄るまいと決めていた。それでもお腹の子とふたりで生きていくために、パラリーガルを続ける他に収入の算段がつかない。

「いや、本当に驚いたよ。木崎先生とは、ちゃんと話したの？」

弁護士同士はたとえ面識がなくても、先生と呼び合う慣習がある。知歌の辞表は受理されて、今月末で退職することが正式に決まったと打ち明けた。

「この先、わたしの身元がネットとかで流出しないという保証はないし、木崎先生にこれ以上迷惑をかけることはできないから」

知歌は言ってしまったあとで、自分の浅はかさに気づいて赤面する。

「先生は離婚訴訟も少なくないから。でもわたし、働かないといけなくて……」

勝手は承知の上なのに、語尾はもはや消え入りそうだった。身内にならば迷惑をかけていいという道理はないのだ。知歌は姿勢を正して、深々と頭を下げたまま言った。

「だからお願いします。わたし、妊娠してる。秋には生まれる予定です」

父がこの瞬間にどんな顔をしているのかはわからない。驚きの表情のままか。呆れているのか。たとえ父に頭を下げられても、自分から下げることはないと生きてきた。知歌にとって父を頼ることは、屈辱以外の何物でもなかった。

「……関戸さんは、なんて？」

父の言葉に、知歌は思わず顔を上げた。

「関戸さんて、お父さん知り合いなの？」

いや……と遮って、父は苦笑いになる。

「関戸って、さすがに呼び捨てにするわけにいかないじゃないか。関戸監督っていうのも変だろ」

父の思いがけない「敬称」に、知歌は少しだけ気持ちがほぐれていく。たとえ不倫相手だとしても、「さん」をつけてくれる配慮が嬉しい。

「関戸さんは、なんて言ってるの？」

父の再びの問いに、今度はしっかり顔を見て答える。

「認知はお願いした。でも養育費を請求するつもりはない。お母さんが許してくれれば、このまま実家にいさせてもらうけど。関戸さんに迷惑かけることはできないから」

テーブルをまわっている店員さんが、素知らぬ顔で、父のカップにコーヒーのおかわりを注いでいった。

「知歌はそれでいいのか？　好きだから、男女の関係になったんだろ？」

　自分が筋の通らないことを言っているのはわかっている。身重な状態で父に働き口をお願いしている立場だということも。それでも父に踏み込まれるのが、知歌は条件反射のように許せなかった。

「それ、答えないとダメなのかな？　それでいいのかって、わたしだって父親がいない子どもなんだけど。お母さんがひとりで育ててくれたんだから」

　家族を捨てた男が、「好き」とか「関係」とか、軽々しく口にしてほしくはない。

「お小遣い不倫とか言われているんだよ？　こっちが慰謝料を払う立場で、子どもの養育費を奥さんに支払ってもらうなんて許されないよ。そんなバカな話ないじゃん」

　世間では関戸が格差婚と揶揄されていたことさえ、知歌はまったく知らなかった。数年前に大きなトラブルがあったことも、それ以降は映画を撮っていないことさえも。華やかな場所に縁のない一般女性Aには、知る由もない世界のことだったのだ。

　父は、声のボリュームを下げるようにと、知歌に目配せをする。

「そういう話じゃなくて、知歌が関戸さんと結婚するっていう選択肢はないのかと、聞いているんだ。彼は別に無職というわけじゃない。映画で食えないなら、職を変えればいい。いくらだってやりようは……」

「お父さんこそ、なに言ってんの？　戸鳥青子だよ？　女優なんだよ？　そんな人と関戸さんが離婚するわけないじゃない！」

「だから知歌は、それでいいのか？」

まったく動じない父の声に、もう押し黙るしかない。


連絡のない関戸に送った2度目のメッセージには、〈明日はどうですか〉とすぐに返信があった。

1ヶ月半ぶりに知歌を見る関戸の目は、なんの熱も帯びていなかった。妊娠を告げても、ひたすら謝罪するばかりで、まともな会話にはならなかった。もともと関戸が飽きるまでだと、それ以上は望むべくもなかった関係だったのだ。彼は別れ際に、「必ず連絡させてもらいます」と砂を嚙むように言った。

もしも時間が巻き戻るのなら、わたしは同じ轍を踏まずに歩けるだろうか。妊娠がわかってから、知歌は何度となく自分に問うてきた。

関戸に愛されることで、スペシャルな人間に仲間入りできたわけもない。ガチガチの自意識とコンプレックスを抱えた、どこにでもいる退屈な女のままだ。愛することよりも、愛されることに何百倍もの意味があるエゴイスティックの塊だった。恥ずかしいほど愛に飢えていた。

それでも関戸に求められたから、子どもができた。その恋も、仕事も、社会的信用も、すべてを失ったとしても、それだけは誰にも奪うことはできないのだ。花火のように刹那に散った愛欲だとしても、知歌にはありがたかった。あの瞬間の眼差しやキスは、なかったことにはならない。どんなに愚かな恥を晒しても、過ちではなかった。その判決を下すのは、週刊誌やワイドショーのコメンテーターでもＳＮＳでもなく、もう自分しかない。

「今後のことは、関戸さんとちゃんと話し合わないと」

２杯目のコーヒーにはミルクを入れて、父はスプーンでゆっくりと掻き回している。知歌の脳裏に焼きついているのは、首をすくめて去っていく関戸の後ろ姿だ。

「いまは会った方がいいのか、わからない」

知歌が小さくそう言うと、父は伝票を手に立ち上がった。

「パラリーガルの話は、事務所内で進めておくから」

知歌の肩にそっと手を置いて「いまはからだを第一に考えて」と付け加える。

ランチタイムが近づいたカフェラウンジは、いつの間にか入り口の外まで客が並んでいた。

## 3月19日(日)　ヨウ

桜が見たい。

殺風景な白い天井も見飽きてきた。

10日前の朝。ヨウは高熱が出てベッドから起き上がることができなかった。昼頃にどうにかタクシーで病院に辿り着くと、そのまま入院となってしまった。からだはあらゆる問題を抱えているが、特に肝臓の数値が悪く、数日間なかなか熱は下がらなかった。

勝手なものだとヨウは思う。

数値が回復してきてからだが楽になってくると、今度は心が辛くなる。自由に歩き回りたくなってしまう。気ままな暮らしをしてきた者ほど、入院生活は苦手なのだろうか。点滴ですっかり浮腫んだ指に指輪がめり込んでいる。それをヨウは無理矢理に動かしながら、今度は声に出していた。

「桜が見たい」

ノートパソコンをパタリと閉じて、淳哉が言う。「行けるんじゃない？」と。

すっかり熱も下がり、見舞いが必要な状況でもなかったが、休日は午後からヨウの暇つぶしに付き合ってくれているのだ。

「顔色もいいし、ちょっとなら平気だと思うけど」

意外なほどあっさりと、看護師のＯＫが出た。幸い病院の前庭には、立派な桜が何本もある。

ヨウは白いニットの帽子を被り、首もとには揃いの毛糸のマフラーを巻いた。似たようなものをいくつも持っているのに、気がつけばいつも同じものだ。ニュージーランドの羊だらけの田舎町で一目惚れしてしまった。10年以上も前に仕事で行ったロケ地で、素朴な時間が流れるその場所に、いつか淳哉とゆっくり訪れたいと思っていた。

スタイリストとして現場に立つことは、もう叶わない。旅行も海外は難しそうだ。後悔はないといっても、淋しさはある。

ヨウは病を得てから、悲しみよりも、幸せが淋しさを膨張させるのだと知った。病棟から出ると、曇り空ではあるが風は冷たくなかった。入院をする前の風とは、明らかに違っている。

「すっかり春だね」

固まったからだをほぐすようにしてゆっくりと歩く。一度でも車椅子に乗ってしまうと、退院できなくなるような恐怖があった。ありがたいことに、衰弱はしていない。トイレも自分で行けるし、食欲もある。医者からも、「体力が落ちなければ大丈夫ですよ」と言われている。長年、体力勝負の仕事をしてきたのだ。その甲斐ぐらい、あってもいい。

「入院に……向いてないかもしれない」

春の空気をからだに吸い込むと、数歩後ろから付いてくる淳哉が「そうだね」と笑った。病院の入り口にある桜の下で、ヨウは思いっきり腕を伸ばしてみる。

江戸時代に2種類の桜を交配して作られたソメイヨシノ。

その一般的な寿命は60年といわれている。

蕾《つぼみ》を膨らませはじめた小さな花弁は、まだピンクの色が濃い。蕾が開き切ると、瑞々しさは失われて、もっと白っぽいピンクになる。桜は毎年同じように花を咲かせ、人間だって変わりばえのない一年を繰り返す。

それでもわたしたちは、去年とは異なる気持ちで桜を見上げている。学期末にもらう通信簿のように、どんな一年を生きてきたかを桜の前に曝《あば》かれるのだ。

「外苑まで行ってみようか？」

病院からのエスケープ。ヨウがイタズラっぽく言うと、淳哉は「いいね」と悪巧みを止めなかった。

外苑を左手に折れていくと、カーブの先に国立競技場が見えてくる。2度目の東京オリンピックのために建て替えられたスタジアム。一度ぐらい中に入って歓声を上げたかったとヨウは思う。これも「後悔」ではなくて、小さな「淋しい」のひとつかもしれない。

「もし一年中ずっと咲き続けていたら、人は桜を見たいなんて思わないかな？」

散るからこそ惜しいと思うのであれば、なんだかそれも桜に失礼な気がする。

「そうしたら一年中、飲み続けられるね」

「桜が散っても飲むくせに」

ジョギングをする人たちの邪魔にならないように、淳哉と縦に並んで歩いていく。

桜は、見慣れるということがない。春になるたび、こんなにも美しいのかと、何度でも驚ける。たとえ１００歳になっても、迎えた春の美しさに驚くだろう。

「退院したらさ、ヨウが行きたいところに行こうよ」

淳哉が足の運びを合わせてくれる。それだけで行きたいところは、いつだってこの人の隣なのだとヨウには思えた。


休日の絵画館前広場は、バドミントンやボール遊びをする親子連れで賑わっている。その中で見覚えのある男が、しゃがんでストレッチをしていた。ジョギング用の濃いサングラスをかけていても、ヨウにはそれが旧知の映画監督だとわかる。

「ヨウさん……」

こちらに気づいた関戸正高は、立ち上がって被っていたキャップを取る。

「いろいろご心配おかけして、言葉もありません」

関戸に頭を下げられ、ヨウはどうしようかと淳哉の顔を見る。

「とりあえず人のいない方に」と、淳哉が絵画館横にある駐車場を指差した。

「関戸くん、ちょっと痩せたね」

ヨウの言葉に、関戸は情けなさそうに答える。「仕事もないから、ジョギングばかりしている」と。その姿が痛々しかった。親友の旦那であるという以前に、彼がまだ駆け出しの監督だった頃から、一緒に映画を作ってきた仲なのだ。

「ヨウさんは体調大丈夫ですか？　一時期、崩してたって……聞いてましたけど」

関戸が言葉に詰まったのは、「妻から」という単語だろう。

「……青子、さすがにまいってると思うよ」

他人の夫婦の問題とはいえ、自分の過去を棚にあげても、ヨウには言ってやりたい気持ちもある。

いい歳して、がっかりさせないでよ。

ゴシップなんかじゃなくて、作品で世間を沸かせてよ。

情けない女遊びなんかして、青子の足を引っ張らないでほしい。

言ってやりたいことはたくさんあるのに、いざとなると言葉が出ないものだった。

そんなことがわからない男ではないのだ。関戸を見れば、青子と同じように苦しんできたことがわかる。ヨウは「ひとことだけ」と前置きして、伝えることにした。

「余計なお世話だけど……青子のこと、大切にしてね。あんないい女、滅多にいないんだから」

関戸は「その通りですね」とボソッと答える。

その時、ふたりから少し離れて立っていた淳哉が口を開いた。

「関戸さん、子どもはどうするんですか」

怯えたような目で、関戸は淳哉を見る。その怯えには瞬時に嫌悪が混じっていく。

「なぜそんなことをお前が知っている？」とでも言いたげな攻撃性が、目の奥に生まれていた。

「知歌はわたしの娘です。娘は、あなたとの子をひとりで育てると言っている」

ヨウは仰ぐように曇天を見上げた。

人生にこんな巡り合わせがあるのか。

淳哉は関戸の返事を待つことはせず、「そろそろ戻った方がいい」と、ヨウの背中に手をまわした。

## 3月19日（日）　ひかり

「おねいちゃん、出かけてるの？」

冷蔵庫からプリンを取り出して、ひかりは母親に聞いた。リビングのソファで新聞の日曜版を読んでいた母が顔を上げる。ひかりが手にするプリンにご不満な様子だ。

「甘いものじゃなくて、ちゃんとごはんあるわよ」

「結局朝までドラマ観ちゃった。あの弁護士ドラマ、お母さんが録画してんの？」

互いの質問に答えずとも会話が成立してしまう。母娘の歴史ならではのコミュニケーション術。ひかりが実家に来るたびに、不安げに腫れ物に触るようだった態度から、すっかりいつもの母に戻ってきていた。

ここ最近、甘いものばかり食べ過ぎている自覚はある。冷たいプリンが心地よくて、卵のやさしい甘さに癒される。体力と一緒に体重も戻ってきているだろうが、もう量るのもやめてしまった。

直人は山梨に行って以来、相変わらずの家の空けっぷりだった。

朝帰りの日は、さすがにＡＫＡＮＥと会っているのだろうが、何事もなかったように帰ってきて、ひかりの作った朝ごはんを食べる。その厚かましさにキレそうになるたび、必死で自分に言い聞かせる。

帰ってくるということは、直人の家はここしかないのだ。

根を生やすにも時間が必要だと覚悟しながら、じっと待つばかりでは身が持たない。ひかりは調べものをしたり、友だちに相談したり、実家に泊まることが増えていた。

プリンをあっという間に食べ終わって、キッチンのダストボックスに投げ入れる。チョコレート菓子の空き袋がチラッと見えて、昨日の夜、ドラマを観ながら食べ切ってしまったことを思い出す。犯人役の女優が、ひかりの不安を無性に掻き立てた。夫の愛人を震えながら刺し殺すシーンが、妙にリアルで演技だとわかっていても胸が騒いだ。

「ねぇねぇ、おねいちゃん、どっか出かけてんの？　お母さんに話したいことがあるんだけど」

「知歌は友だちとランチって出かけたのよ。けっこう早くに出ていったけど」

本や新聞を読むときだけ、母は老眼鏡をかける。丸顔に黒縁の眼鏡が、チグハグな感じがしてコミカルなのだ。重い話にはしたくない。母にはこれ以上の心配をかけたくない。ひかりはさらりと、切り出したいと思った。

「わたしさ、ナオくんの浮気相手、訴えようと思って」

母親は読んでいた新聞をローテーブルの上に置く。

「訴える？」

声色だけで、母親が身構えたのが伝わってくる。平和主義で心配性。訴えるなんて、物騒に聞こえてしまったのだろう。

「いや、いたって普通の話。３００万の慰謝料を請求して、もう会わないって念書をもらう。弁護士が全部やってくれるってネットに書いてあったし。本当はおねいちゃんに頼めたらよかったんだけど……」

すでに下火にはなったものの、姉はいっときワイドショーを賑わせた。お姉ちゃんだからと頼り過ぎた自分のせいだと、母親は見当違いの涙をさめざめと流していた。ひかりは自宅のテレビに齧りついて、その動向を見守っていたのだ。

幸い姉の身元は割れていないが、さすがに身内や知人ならモザイク写真でも知歌だとわかる可能性はある。優等生であった姉の不倫騒動を、ひかりは未だに信じられない気がしていた。「まさかあの真面目な姉が」というのもあったし、「まさか有名人なんかと」という二重の「まさか」の衝撃だった。


「ひかり、やめなさいよ。慰謝料なんて」

老眼鏡の上で眉根を寄せて、母はいきなり反対した。

「なんで？　当たり前の話でしょ？　向こうがやっちゃいけないことしてるんだから、当然の報いじゃん」

予想外の母の反応にひかりは動揺する。やめなければならない理由など、どこにも見当たらないじゃないか。直人の浮気を終わらせるために、それ以外の策も思い当たらない。直人が根をおろすのを邪魔する女が許せない。

「どこのどんな女か知らないけど、ちゃんと払ってもらう。だって、これだけ人のこと傷つけといて、３００万だよ？　たった1年働けば稼げちゃうお金しか請求できないなんて、安すぎでしょ」

自分が怒るべき対象は母親ではない。あくまで夫だ。そして誰よりもＡＫＡＮＥだ。

心配かけた母親には一応、事前に話しとくか。

そのぐらいの軽い気持ちで打ち明けたのに、語調がどんどんキツくなってしまう。

「安くなんてないでしょ……」

は？　なんでお母さんが浮気を庇うの？　ひかりのなけなしの理性がプツンと切れる音がした。

「お母さんならわかるでしょ？　まさかおねいちゃんのこと気にしてんの？　おねいちゃんだって、払えばいいんだよ戸鳥青子に！　そんなハシタ金、要らないわって言われるだろうけど。お母さんだってずっと離婚しないで、お父さんに払わせてるくせに！　生活費って名目なだけで、慰謝料みたいなもんじゃん！」

大好きな母を、姉を、わたしは責めたいわけじゃないのに。

もう、ひかりは自分を止められなかった。

「お母さんだって相手の女、殺してやりたいって思ったでしょ？　こっちは人生めちゃくちゃにされて夫を奪われて！　そんなことして平気で生きてられる女に３００万のどこが高いのよ！　もう眼鏡取れば？　新聞なんて読んでないじゃん！」

母親は唖然とした表情で、老眼鏡を外した。

「直人に慰謝料請求したって、意味ないんだよ。うちの家計から払うって、そんな馬鹿な話ないでしょ！　だから女に払わせるの！　妻として当然の権利だもん。わたし、なんか間違ったこと言ってるかな？　こんなボロボロにされて……たった300万で、人の心を壊し放題っておかしいでしょ！　直人もお父さんもおねいちゃんも、みんな不倫してるって、この家呪われてんじゃないの？」

ひかりは自分でもなにを訴えているのか、よくわからなくなってきた。泥のような感情を猛然と吐き出すと、急に頭がボーッとして、真っ白になった。

母親がそのとき「ひゃっ」と、変な声をあげた。

目を向けた先をひかりも追うと、知歌がいる。

どこから聞いていたのかはわからない。リビングの入り口でコートも脱がず、いつの間にか帰ってきていた姉が、呆然と突っ立っていた。

「座りましょう。お茶を淹れるから」と、母親がそそくさとソファから立ち上がる。

姉は蠟人形のように固まったまま、瞬きさえ忘れている。母は仕方なくソファに腰を戻した。

ひかりは静寂に耐えきれず、音を立てて洟《はな》を擤《か》む。母親への八つ当たりが、流れ弾になって姉に命中してしまった。あまりの気まずさから一刻も早く逃げたくて、部屋へ戻ろうとしたときだ。

「どんな法律も、夫婦の絆は守ってはくれないのよ」

母がぽつりと口を開いた。その後に少し間を置いて「あなたたちにちゃんと話すわ」と、長い長い話をはじめた。29年間、ひかりが思ったことも疑ったこともなかった自分たち家族の話だった。

「お父さんが一緒に暮らしている人は、男の人なのよ」

母の告白はいつだって、素っ頓狂な方向から飛んでくる。それでも今回は「明後日」のレベルじゃ済まなかった。その衝撃波に知歌がへなへなと床に座り込んだ。

「お父さんは同性愛者なのにわたしと結婚した。う酷い差別もたくさんあったと思う。お母さんだって全然気づかなくて。そういう人だなんて考えたこともなかったから」

母親は同性愛者を否定するわけじゃないと、はっきり言う。

「だけどそれなら、無理をして夫婦生活をしていたってことじゃない。わたしにはそれが許せなかった。ありえないわよね。無理をして子どもを作るなんて。そんなことがあなたたちにまで知られたら、一生苦しませると思った」

そして父がカミングアウトしたことに、母は激怒したのだ。

なんで死ぬまで隠し通してくれなかったのかと。

「わたしとの夫婦生活がそんなことを自覚させたなんて、こんな裏切りあるか……って、やるせなかった。毎日が幸せだったのに。それこそ一生許さないと怨んだわ」

母は苦々しく続ける。ただの浮気であれば、惨めなだけで済んだのに。相手が女性であれば、どれほど楽だったか、と。

「だけど淳哉さんは、家族を放棄したわけじゃない。金銭的なこともそうだし、わたしにも、あなたたちにも、できる限りのことをしてきてくれたよね？」

父の姿と、ゲイである父が、ひかりはうまく結びつかない。外苑のレストランで赤ワインを飲みながら、ひかりの話を聞いてくれた父を思い出す。

ヴァージンロードを一緒に歩いた父。

毎年の誕生日には、いつも花束をくれた父。

「淳哉さんも苦しんだのよ。わたしも受け入れられずに苦しんだ。それが、あなたたちの心に負の連鎖を生んでしまった気がするの。お父さんが浮気して捨てられたと、あなたたちにまで思わせてしまった」

泣き虫の母に、涙はなかった。姉の頰には幾筋もの涙が静かに伝っている。

「わたしの淳哉さんへの執着が、家族を歪ませてしまったんだって。知歌とひかりに、本当に申し訳ないことをしてしまった」

　母は情けなさそうに、けれど少しだけ誇らしそうに、口角を上げた。「気づくまでに四半世紀もかかっちゃったわ」と。

「いまのひかりの苦しさは、慰謝料なんかじゃ消えないのよ。だったらとことんまで直人さんと喧嘩しなさい。あなたたちはまだ、よちよち夫婦なんだから」

　ぐしゃぐしゃになったティッシュで、ひかりは鼻水を拭いて何度もうなずく。

「それでも、直人さんが誠実に向き合わないなら、ここに帰ってきなさい。あなたを傷つけるような男は、お母さんが引《ひ》っ叩《ぱた》いてやるから」

　ゴキブリも殺せないくせに、腕をぶんぶんと振って、平手打ちをする素振りを繰り返す。姉もひかりも、母の姿に泣き笑いとなった。

　ひかりは洟をすすって、あたらしいティッシュに手を伸ばす。

　どうしたら直人と一緒に、家族の根を張れるだろうか。たとえ直人を嫌いになれないからって、我慢強いだけが愛じゃないはずだ。

「……わたしも、夫婦を守りたいんだよ。まだあきらめたくない」

「知っているわ」と、いつも通りのやさしい母の声が聞こえた。

# 3月19日(日)　青子

もしもし？

電話が繋がったと思ったら、すぐに留守番電話に切り替わる。淳哉はまだ病院にいるのだろうか。

ジョギングから帰ってきた夫は半ばショック状態で、しばらく口も利けなかった。

ようやく聞いた彼からの話に、放心するのも無理はないと青子は納得した。

転がる石は、苔を生《む》さずにどこまでも転がっていく。

A rolling stone gathers no moss.

イギリスでは「転がり続けたらなにも為すことができない」というネガティブな意

味にとられ、アメリカでは「転がり続ければ古ぼけない」と逆転する。青子の知らないところで、事態は思わぬ方向へと転がっていた。当事者の関戸でさえ、完全にコントロールを失っている。

わたしたちの石が辿り着く場所はどこなのだろう。たとえそれが、青子の望まない顛末だとしても、自分たちが転がり落ちた意味は、絶対にポジティブでなければならない。

淳哉の留守番電話にメッセージを残し終わる前に、着信通知が入った。

「もしもし？　青子ちゃん？」

外を歩いているのだろう。クラクションの音が聞こえている。

「ごめんね。取りそびれたよ」

「こっちこそごめんなさい。移動中だよね？　ヨウちゃんの具合はどう？」

電話口の淳哉は、いつも通りの落ち着いた声だ。淳哉の柔和な微笑みを、青子は思い浮かべる。面会時間が終わり、外苑西通りを歩いて帰っているという。

「ヨウはだいぶ良くなってきて、病院抜け出して桜を見に行ったよ。この調子なら今週中には退院できるんじゃないかな」

本当によかった。青子は一拍置いてから切り出した。

「関戸から聞いた。もう、なんて言っていいか……」

夫が不倫していた。

週刊誌で暴露された。

夫の不倫相手が妊娠していた。

夫の不倫相手は親友の愛する人の娘だった。

ひとつ目の「ありえない」を受け入れてしまえば、3つ目までは、可能性としてはありえることだ。だけど最後の4つ目だけは、可能性の範囲を超えている。

「こんなことがあるんだな」

冷静な淳哉の声に、青子は自分も落ち着こうと、肺の中にある息を全部吐き切る。

「まさかだよね」

もう本当にわけがわからない。

夫の無責任な行動を、父である淳哉に妻として謝る場なのか。それとも身勝手に不倫した娘の父として、青子が謝ってもらうのか。

「ヨウからは、そんな安い脚本に青子を巻き込むなって、厳しいこと言われたよ」

ヨウの気持ちと、それを伝えてくる淳哉のやさしさに、青子は右手で鼻をつまんだ。

奥の方がツンとするのを止めるために。

　余計なお節介かもしれないけど……と淳哉が前置きする。

「もし青子ちゃんが知歌と直接話した方がいいなら、僕から伝えることはできる。あくまで青子ちゃんが望むなら、ということだけど」

　複雑な立場の淳哉が、ニュートラルでいてくれる。底の知れぬ泥沼に向かって石が転がっているように感じていた青子にとって、それはなにより心強いことだった。自分を信じてくれる人がいてくれるから、人は自分を信じることができる。

　淳哉の申し出に、青子はすぐに彼女に会いたいと伝えた。


　洗面台の前に立って、すぐにマネージャーのさっちゃんに電話をかけた。怖い顔になっていないか鏡を確認しながら、後楽園のホテルに部屋を取ってもらう。知歌の家から近くて、内密な話ができるところ。そんな場所はドームホテルしか思いつかなかったが、「戸鳥青子」の名前で予約を入れるわけにもいかない事情がある。

〈最高にばっちりの部屋が取れました〉

　５分とかからずに送ってきたさっちゃんのＬＩＮＥが、青子の心を少しだけ強くしてくれた。

約束の19時半まであと8分。

見えない相手を考えて、考えて、苦しむのはもう十分だ。それは彼女にとっても同じことだろう。ましてや妊娠初期という大事な時期を、不安定な状態でひとり過ごしている。慮る必要などないのに、気にしないわけにもいかない。憎んだところで、なにひとつ救われず、虚しくなる。

青子の頭の中は真っ白だった。どんな台詞も入っていない。そしてさっちゃんが予約してくれた最高にばっちりの部屋は、なぜか謎に和室だった。

〈え？　泊まらないんすか？　1泊朝食付きで取ってますよ〉

ゆっくり話せるタイプの部屋がいいとリクエストしたのは青子だけれども。

だだっ広い座敷に、和式の応接セットがぽつんと置かれている。布団が敷かれてなかったのは幸いであるが、なんだか極道の妻にでもなった気がして、居心地が悪い。

上座に座るのはどっちなのか？　敵は正座で待つものなのか？

青子が落ち着かずに、座布団を動かしたり、足を崩したり繰り返しているうちに、「リリン」と決戦のルームベルが短く鳴った。

恐々と扉を開けると、モザイクの代わりに眼鏡をかけ、マスクをした女性が立っている。想像していたよりもよっぽどしっかりした口調で、「このたびは申し訳ございいませんでした」と深々と頭を下げた。彼女は、白いブラウスに黒いパンツスーツを着ている。日曜の夜なのに、わざわざ着替えてきたのだろう。こんなに真面目そうで、遊び慣れてもいないような子を……。

「とりあえず中に入りませんか」

座卓に向き合って、青子が次の言葉を探していると、知歌が畳におでこをつけるようにして、再び頭を下げた。

「許されるとは思いません。本当に申し訳ございませんでした」

畳についた華奢な指は、小刻みに震えている。弱い者いじめをしているようで、青子は思わず目を背けた。

お茶を淹れて、知歌の前に差し出す。

彼女は膝の上でハンカチを握り締めて、唇をぎゅっと結んだままだ。

いじめられているのはわたしなのに。

やり切れなさを飲み込んで、青子は口を開いた。

「関戸青子です。お父様とは古い友人で、いつもお世話になっています」

知歌は、うんうんと、声もなく頷いた。太い眉と深い二重に、淳哉の面影がある。

青子は「関戸の妻です」とは名乗らなかった。

「困ったな。こんなとき、なにから話せばいいのか……」

関戸を同席させなかったのは、彼女の本心が聞きたかったからだ。だけど自分の本心も見えてはいない。

「本当にお詫びのしようもございませんが、奥さまには、取り返しのつかないことをしてしまいました……」

知歌の発する「奥さま」という響きが、自分には不似合いであるように思えた。しおらしく謝られたところで、あなたがおっしゃる通り、取り返しなどつくものでもない。青子は腹の底に蠢く冷たい怒りに、声が硬くなった。

「関戸とはちゃんと話をしていますか」

彼女は震えながらも目を逸らさずに答える。

「妊娠をお伝えしてからは、お話ししていません。もう二度とお会いすることもございません。お願いした認知の件は、出産までまだ時間がありますので」

「お願いって……関戸の子なんだから当然ですよね？　生まれてくる子どもにはなんの非もないのよ？」

こんな嘘くさい台詞は、どんな下手な台本にも書かれていないだろう。嫌気が差しながらも、青子は他に見当たる言葉もなかった。

「関戸さんは、できる限りのことはしたい、とおっしゃってくれました。軽率なことをしたと謝罪されて……」

この2ヶ月、関戸の謝罪を何度聞いたことだろう。この女はなぜ、自分を弄んだ男に尊敬語を使うのだろう。たとえ魔が差した関係だとしても、子どもを作った責任が関戸にはある。正妻への責任は、あるのかないのかは別の話として。

「わたしが聞くのもおかしな話ですけど、知歌さんは、関戸と結婚するつもりはないのですか？」

知歌の顔が真っ赤になって、すぐさま否定する。

「関戸さんが離婚されるなんてありえません！」

さ・れ・る？　浮気相手に妻が断言される不毛感。こんな会話になんの意味があるのか。ふたりの女に納得のいく解なんて、あるわけがないのだ。

青子は沈黙し、冷めきった湯呑みの中身を茶こぼしに流す。だだっ広い贅沢な和室は、手持ち無沙汰なだけだ。

「……なにを言っても言い訳になってしまいますが、関戸さんは……会うと映画の話ばかりしていました」

知歌の弁解に、青子は急須を持った手を止める。

「関戸さんは、映画の話がしたかったんだと思います。わたしが作品のファンだったので。関戸さんが結婚なんて考えるような関係ではありませんでした」

次に出てくる言葉をしばらく待ったが、続けるつもりはないようだ。知歌の目にうっすらと浮かぶ涙は、関戸への敬愛なのかと思うと心がえぐられるようだった。だからこそ子を産むと決めたのだろう。青子は立ち上がって窓辺の障子を開ける。障子の先には、和室に似つかわしくない都会の夜景が広がっている。丸の内も新宿の高層ビルも、日曜の夜はやけに灯が寂しい。

昔の自分はきっと、あんな目で関戸を見つめていたのだ。

前作のトラブルがあとを引いて、むしろ映画の話を自然と避けるようにしていた。夢中になって映画の話をする関戸を、青子はずっと忘れていた。寝食を忘れるほど没頭し、子どもみたいに瞳を輝かせ、尽きることなく映画を語っていた夫を。

だからといって関戸は、知歌と映画の話をしていただけではない。関戸の過ちが許されるわけじゃない。抱えていた苦悩から逃げ、みっともなく膿を吐きだし、独りよがりに人を傷つけた。15年間、夫婦で重ねてきた日々を侮辱した。

それでも青子は、関戸の虚しさと悔しさが理解できなくもなかった。

関戸は、ずっと映画の話がしたかったのだ。

「知歌さん、無事に子どもを産んでくださいね」

気づけば青子も、畳に手をついて知歌に頭を下げていた。

# 3月21日(火)　莉里

野球とサッカーは、どうやって選ぶのだろう？

莉里の座っているベンチの前を、揃いのユニフォームを着たリトルリーグの男子たちが歩いていく。午前中は、サッカーチームの男子たちが通った。

山手線の線路沿いにある児童公園は、今日は人気がなかった。

桜もきれいに咲いているのに、遊んでいる近所の子どもたちの姿はほとんどない。どこか遠くまで遊びに出かけているのかもしれない。春分の日は祝日だから、学校もお休みだ。午前中からやりはじめたのに、莉里にしてはめずらしく、まだ宿題が終わっていなかった。

莉里は作文が苦手だ。読書感想文ならまだマシだが、今回のお題は「将来の夢」。

みんなはどうやって夢を選ぶのだろうか。前に子ども食堂のおばちゃんからも、「将来どんなことしたいの？」と聞かれたことがある。そのときも莉里は答えられなかった。将来したいことは、頭で考えて決まるのかな。聞きたがるみんなは、すぐに答えられるのかな。

食堂も今夜はお休みだ。莉里は考えることがだんだん億劫になってきた。仕方がないので桜の花びらの数を計算してみたが、木の大きさによって変わるのだからあんまり意味がない。50万枚を越えたところでやめにした。

みんなに人気がある「YouTuber」や「警察官」と書いても嘘になる。夢ってなんだ。目をぐるぐるさせてから、そのことを正直に書くしかないと、莉里は思った。

将来の夢

立花莉里

わたしには将来の夢がわかりません。なぜなら夢がどんなものかわからないからです。もしわかったら、わたしの夢はできると思います。できない可能性もあります。いまは夢がわからないので、将来の夢を考えてもわかりませんでした。

莉里はノートに書いてみたけど、原稿用紙2枚が宿題なのに、その8分の1ちょっとで終わってしまった。正確にはまだ693文字足りない。

こうなったら、区立図書館で「夢」を調べるしかない。休みの日は、いつもより1時間早く閉館してしまう。莉里はショートパンツの上に落ちてきた桜の花びらを、そっとつまんでノートの間に挟んだ。

五反田の駅前通りで、莉里の急ぎ足を止める人がいた。スーツを着た若い男が、

「ひとり?」

と、行く手に立ちはだかる。莉里は答えずにただうなずくと、

「ちょっとモデルやってみない? 脚長いし、細いし、顔もカワイイじゃん」

「知らない人と話してはいけない」は、子どもの世界の常識だ。小さい頃から、ママからも先生からも繰り返し言われている。

「モデルって言っても、そんな大変じゃないから。ちょっとしたムービーとか、写真撮るだけだから」

莉里が押し黙っていると、煙草の臭いのする男は腰を折って、染めた前髪を掻きあ

げた。

「絶対いいよー。人気モデルになったらママも喜ぶよ。ギャラも渡すし。あ、ギャラってお金のことね」

「……お金、もらえるんですか？」

莉里が反応すると、男はにやりと煙草に火をつけた。

「ヤベ。声もヤバ。夏は水着とかやると、たった数時間で1万とかもらえちゃうよ。もっとギャラのいいヤツもたくさんあるし。あ、お金のことね、ギャラって」

「邪魔になるから、こっち寄って」と男に腕を摑まれ、ビルの暗い入り口に押しやられる。同じクラスの女の子に、モデルが夢と言っている子たちが何人かいる。だけど莉里はモデルになりたいと思ったことは一度もない。

もしお金がもらえたら、莉里の学費の心配をママはしないでいいかもしれない。仕事を増やさないでいいかもしれない。

「スマホ持ってないの？」と聞かれて首を振ると、「じゃー連絡先教えて」と、男が煙草を投げ捨てて言った。莉里はリュックからピンクのノートを出して、名前と家の電話番号を書いた。ちぎって渡そうとしたときに、ノートに挟んだ桜の花びらが落ちていく。暗い床には落ちたくないみたいに、ひらひらといつまでも舞う。

「じゃ、連絡するわ」

男はむしり取るようにメモを摑み、パシャッと、莉里をスマホのカメラで撮った。

莉里が図書館から帰ってくると、マンションの前によく知っている人がいた。莉里は驚いて笑顔になる。

「おばちゃん、どうしたの？」

子ども食堂はお休みのはずだ。エプロンをしていないおばちゃんは、いつもよりおしゃれをしている。

「そのブローチ、きれいだね」

黄緑色の大きな宝石がストールの結び目についている。「これ、なんて名前の石？」

と莉里が聞こうとすると、

「莉里ちゃんのママ、今日はおうちにいるかしら？」

おばちゃんは不安そうな声で、莉里に聞いた。

## 3月21日(火)

## 美智子

大崎広小路の駅前にある喫茶店。チェーン店で家の近くにもあるが、美智子は入ったことはない。

「何にします？」

莉里の母親に聞かれ、慌ててハンドバッグからお財布を出そうとした。

「莉里がいつもお世話になってますから」

はからずもご馳走されるカタチになってしまい、美智子は恐縮する。制するように差し出された手は、炊事とは無縁のシミひとつない美しいものだった。ジュエリーの販売員だと莉里から聞いているが、この細い指にはめられた指輪は、さぞかし素敵に見えるだろう。

店内の奥の方に席を取って、ぎこちないまま向き合って座る。

莉里の母は、同性であっても目を惹くような美人だった。化粧っ気もないのに垢抜けている。その雰囲気は、美智子も、娘たちも、持ち合わせていないものだ。

まさか本当に会えてしまうとは。

一昨日《おととい》、娘が言い出したことが気になって、居ても立ってもいられなかった。娘婿の浮気相手が、莉里の母親であるわけない。とりあえず様子だけでも見てみようと、浮気調査に記載されていた住所を目指して、不審者のようにマンションの辺りをウロウロしていたのだ。

もしかしたら、莉里と一緒に写真に写っていたのは、隣の部屋に住む仲良しのお姉さんかもしれない。食堂で莉里から聞いた後では半ば強引な推測だったが、そんな一抹の期待もないわけじゃなかった。

けれどいま美智子の前にいる女性は、間違いなく、直人と一緒にいた女と同一人物であり、莉里ちゃんのママなのだ。緊張で喉がカラカラだったが、美智子は覚悟を決めた。こうなったら、正直に切り出すしかない。

「あの……水戸と申します」

莉里の母親は「立花です」と軽く頭を下げる。

そうか。莉里ちゃんの苗字は立花というのか。母娘そろって、繊細な長いまつ毛が、人形のようである。

「わたし、秋山青果店がボランティアでやってる子ども食堂を手伝っていまして……わたしの娘の夫は、福吉直人です。ご存知ですよね？」

彼女は大きい目をさらに少しだけ大きくして、「はい」と返事をした。美智子は冷静にと自分に言い聞かせながら、慎重に言葉を選んでいく。

「あの……義息とは、どういった関係なんでしょうか？」

莉里の母親に動じる素振りはなく、

「ご想像の通りの関係です」

と、マグカップのコーヒーに口をつけた。

「娘は今日わたしが立花さんに会いに来たことを知りません」

会いに来たどころか、直人の相手が誰であるかも、ひかりは知らないはずだ。美智子はできることなら、浮気の証拠など我が子に見せたくはない。

「娘は直人さんの浮気に苦しんで、体調も崩していて……あなたに慰謝料を請求すると言い出していきます」

美しい顔立ちの無表情というのは、こんなにも凄みがあるものなのか。自分に非があるはずもないのに、沈黙が怖かった。

「……あの、直人さんと別れてもらえませんか。そうすれば娘も気が収まると思うんです。300万円なんて、これから莉里ちゃんだって……」

その瞬間、莉里の母親の目は、鋭い光を放った。

「莉里は、直人とあなたの関係を知っているのですか?」

美智子は一瞬、主語と述語の関係に混乱した。ただでさえカオスのような状況で、あなたが美智子のことだと理解するまで30秒かかった。そして浮気相手を、その義母を前にして、平気で呼び捨てにする感覚と、娘を気遣う母親としての感覚。

莉里の母親のちぐはぐさが、自己中心的だと不快に感じる。なにより謝罪の言葉が出てこない時点でいかがなものか。

「口が裂けても、こんなこと言えるわけないじゃないですか。莉里ちゃんが知ったらどれだけ傷つくか。ママが、莉里ちゃんの大好きなママが、まさかわたしの娘の夫と不倫しているなんて」

莉里の母親の表情からは、もうどんな感情も読み取れなくなっている。

言いたいことは残らず言ってしまった。美智子は飲み物に手をつけず、じっと沈黙に耐えるしかなかった。莉里の母親は、どれだけ心が強いのか。

「もし別れてくれるなら、娘が慰謝料を請求すると言っても、わたしが止めますから。あなたに子どもがいるなんて娘は知らないの。莉里ちゃんだって、中学や高校、大学って、これからお金がかかるでしょう」

目の前の美人は表情を変えずに、ため息まじりに言う。

「バカにしないでください」

美智子は背中に、ワッと汗が噴き出るのを感じた。この人は、なにを言ったのだ？

「わたしではなく、息子さんと話すのが筋じゃないですか？　莉里のことはうちの話です」

そう言い残して、莉里の母親は席を立ち、そのまま店を出ていった。

美智子は唖然として、うまく頭が回らなかった。バカにする？　いつわたしが？

バカにしているのはどっちなのか。摂食障害になった娘の世話をして、莉里の夕食までこっちは面倒みているのだ。人様の旦那と遊び歩いて、我が子に夕食も作らないような母親。穴の開いた靴下を平気で履かせるような母親。慰謝料を請求されたら、困るのは誰だか分かっているのか。

美智子のカラカラに渇いた喉から空咳が出た。莉里の母親が支払った飲み物には手をつけず、返却台に持っていく。

苦くて薄そうなブラックコーヒー。

トレーにのせた白いマグカップを見て、莉里の母親は、自分のものは自分で下げていったのだと、美智子は気づいた。

義息と話すのが筋。

美智子にはそれを否定する言葉が見当たらない。筋違いな女のくせに、それだけは道理が通っている気がして、やりきれないまま店を後にした。

## 3月21日(火)

## 青子

　ハンガーラックには、黒い細身のコンサバなパンツスーツと、ピンクベージュのマキシワンピースが吊るされてある。急遽組み込んでもらった予定に合わせて、準備してもらった洋服。

「これ～、どっちにします？」

　マネージャーのさっちゃんが、ラックの脚に蹴躓《けつまず》きながら青子にたずねた。

「ちょっ、大丈夫？」

　メイクを直してもらっている青子の強ばりが、きっとさっちゃんにも伝播しているのだ。時間がなかったとはいえ、この中間の服はなかったのかと青子はちょっと気が重い。ヨウがいてくれれば、きっと全然違うセレクトをしてくれたのに。

「どっちかなぁ?」

「謝罪しますって感じなら、やっぱり黒いスーツがわかりやすいんですかねぇ……」

さっちゃんは「なんで青子さんが」と、朝からぶつぶつ言っている。

先ほど新作映画の製作発表会が終わり、前評判もメディアの入りも上々だった。会場になったホテルの一角で、青子はこれから囲み取材を受ける。事務所の社長の諏訪も今日ばかりは緊張した面持ちだ。

「ことり、そろそろ時間よ」


想像以上のフラッシュの眩しさに、青子は鼻がムズムズする。だけどいまだけは、鼻も目も触ってはいけない。

「本日はお忙しい中お集まりいただいて、ありがとうございます」

青子はゆっくりと頭を下げた。再び強烈なフラッシュがたかれているのを、全身で感じる。

「そして、日頃から信頼を寄せていただいているスタッフ、並びにファンの皆さま方にご心配、励ましをいただきましたこと、心より感謝申し上げます」

シャッター音に混じって、ザワザワと空気がどよめく。

「またこのたびは、皆さまをお騒がせする事態となりまして、たいへん心苦しく思っております。失った信頼に対して今後どのように取り返しをつけるのか、なすべきことを夫婦で深く考えたいと思っております」

妻としての台詞か。女優としての強がりか。

青子は、もう一度、深々と頭を下げた。そして顔を上げて、記者たちの顔を見据える。報道陣は慣れた様子で次々と手を挙げた。

戸鳥さんは離婚はされないということでしょうか？

関戸監督とは、具体的にどのような話を？

相手の女性になにか言いたいことはありますか？

いつどのようなカタチで、戸鳥さんはお知りになったのでしょう？　またどのようなお気持ちでしたでしょうか？

2ヶ月間、沈黙を続けた理由をお聞かせください。

……そのような話はしておりません。わたくしからは控えさせていただきます。わたくしからはございません。報道の直前に知りました。なんとも言葉にならない気持ちでした。申し上げるべきことは何か、ずっと考えておりました」

女優の淡々とした受け答えに、記者たちは明らかに食い足りないという表情だった。

進行役が「そろそろ最後の質問に……」と言って、後ろの方で控えめに手を挙げていた女性記者を指した。

戸鳥さんが妻として、夫である関戸監督に、いま思うことをお聞かせください。


妻として、いま思うことは……。

今回の夫の行いがわたしたち夫婦のすべてではない、ということでしょうか。


青子の言葉にようやく記者たちの表情が色めき立ったところで、会見は打ち切りとなった。

「それではこのあたりで終了とさせていただきます」

司会の声と同じくして、女優の3度目のお辞儀に、またおびただしいフラッシュがたかれる。会場の奥では、諏訪が小さくガッツポーズをしながら頷いている。どうやら及第点はもらえたようだ。青子が雛壇から立ち去るとき、ピンクベージュのワンピースの裾がはらりと舞った。

控室に戻ると、さっちゃんではなく関戸が座っていた。桜も満開だというのに、ブルーグレーのマフラーを巻いている。青子がクリスマスに贈ったそれは、誤解されやすい険しい顔立ちの関戸を柔和な雰囲気に見せていた。

「さっちゃんが裏口から案内してくれたんだ」

関戸は青子の前に立って、「謝罪会見なんてさせて、本当に申し訳ない」と、からだの横に両腕をピシッと添わせた。関戸の垂れる頭。薄くなった後頭部に、この不倫騒動が明るみになるまで、青子は気づいていなかった。白髪だってだいぶ増えている。

「ホントだよ。まさか自分がこんなにフラッシュたかれる日が来るなんて思ってもみなかった」

関戸は苦しそうに、顔をしかめた。

「でもわたし、謝罪はしてないよ」

青子はマキシワンピースを、するりと脱ぐ。床に落ちたピンクのそれは、大輪の花のように見えた。

「わたしたちが謝らないといけないのは、知歌さんにだよね。夫婦の冷えた空気を、あなたは彼女に温めさせた」

青子は、私物のジーンズを穿いて、白いニットに腕を通す。関戸は、黙ったまま青子を見つめている。

「わたしたち、別れよう」

青子は両腕を広げ、関戸を思いっきり抱きしめた。

関戸は映画監督としても、夫としても、苦しんだ。どんなに下衆な不貞を恨んでも、それだけは受け入れざるを得ないことだった。

抱きしめられる人間になりたい。あの日、ヨウの腕の中で青子は気づいたのだ。心の中でどれほど愛情を膨らませたところで、自分から胸を開いて腕を伸ばさなければ、人を抱きしめることはできないと。それ以外に取り返しをつける術などないのだ、と。

「生まれてくる前から、子どもにまで謝るわけにいかないでしょ？」

知歌を否定したところで、自分を肯定できるわけじゃない。たとえ偽善だろうが痩せ我慢だろうが、嫌悪する感情に囚われるよりはよっぽどいい。残りの人生、赤ちゃんを見るたびに心が疼くような生き方はできない。

「あなたはちゃんと父親としてやるべきことをやって。その先で、関戸正高と戸鳥青子が、いつかまたどこかで出会うことがあるならそれは素敵なことだと思うから」

青子は関戸の胸に顔を埋める。からだに染みついたＣＡＭＥＬの香り。

「もう女優なけなしの、できた女房の演技だよ」

幕が下りても、こんなにも夫が愛おしい。

関戸に導かれ、手を取り合って歩いてきた。

監督の関戸にＯＫをもらえる「ちゃんと答えを出せる人」であろうとする自分が、青子は無性に悔しかった。

# 最終章　こどもの日あたり

止まないエールを、自分にも。

# 5月5日(金)

## 美智子

5月もはじまったばかりだというのに、後楽公園で少年サッカーをする子どもたちは、みんな半袖姿になっている。新緑が太陽の光を浴びて、気持ち良さそうに揺れている。美智子も羽織っていたカーディガンを脱いでみる。ブラウスの七分袖が、風になびいてくすぐったい。

こんなに近かったなんて。

ベンチに腰かけ、美智子はひとり可笑しくなった。文京区役所は、家から5分とかからない場所にある。いままでに何度か行ったことはあるが、今日の用事で訪れたのは初めてのカウンターだった。朝からひと仕事終えたような、大きな達成感が美智子にはあった。来週末には、義母の四十九日が行われる。

3月末の朝。義母はベッドの中で静かに亡くなっていた。起きてこない様子を心配してヘルパーさんが部屋に行ったら、もう息はなかったという。急性心筋梗塞と診断され、「きっとご本人も気づいてないと思いますね」と言う医師の言葉どおり、寝ているような安らかな顔で義母は逝ってしまった。最後に会えた日の会話を、美智子は大切な飴玉みたいに、ずっと舐め続けている。

役所の茶封筒から離婚届を取り出し、美智子はまじまじと眺めた。婚姻届は枯れた茶色だったのに、なぜ離婚届が若々しい緑色なのか？　老眼鏡がないのでよく見えないところもあるが、そんなに複雑な書類でもなさそうだ。

たった徒歩5分に、25年の年月がかかってしまった。

「お義母さん、わたしが赦せなかったのは、淳哉さんじゃなかったんですよ」

ずっと赦せなかったのは、夫じゃなくて自分だった。夫がいなければ、人生を成立させられなかった自分。幸せから不幸せに転落する自分。けれど本当の不幸せとは、自己憐憫からいつまでも抜け出せずに、愛する人の幸せを願えないことだった。

自分が前を向くために、我が身に起きたすべてのことを受け入れなきゃと、これからは娘たちに胸を張って言いたい。

夫のパートナーが末期がんだと聞いたのは、義母の火葬場だった。終末医療の判断に淳哉が携わるために、彼を養子にする手続きをしたいという相談だった。25年前に成田空港で一度だけ会った人。それ以来、淳哉から話を聞くことは一切なかった。美智子は事情を聞いて、戸籍上、歳の変わらぬ息子ができることを拒む気にはなれなかった。それどころか、身内として法的に正当性を持つ手段が、養子縁組しかないことが不憫にも思えた。

この後に及んでも、淳哉は離婚という言葉を口にしない。ならば、最後ぐらいは胸を張って、ふたりで生きて欲しいと思った自分に、正直いちばん驚いた。

ベンチに座っている美智子の足もとに、サッカーボールが転がってきた。向こうからは、白いTシャツに黄色のショートパンツをはいた女の子が走ってくる。少年サッカーのチームに女の子が混じるなんて、昔では考えられなかった。知歌とひかりの頃でさえ聞いたことがなかったが、いまでは珍しくもないのだろう。

あの子、莉里ちゃんみたいだな。

小学校中学年ぐらいだろうが、すらりと脚が長い。日本の子どもたちは、いつからこんなに腰の位置が高くなったのだろう。純日本人体型の母親が産んだ知歌とひかりも、そこまで脚は長くない。よちよち歩きが愛らしくて、美智子は目を離すことができなかった。

足もとのボールを拾って、思いっきり投げてみる。意外と重いサッカーボールは真っ直ぐには飛ばなかったけど、

「ありがとうございます！」

と、女の子は上手に胸でキャッチした。男の子たちの輪に向かって、その長い脚を振り上げて元気よくボールを蹴る。「少年サッカー」という名称は、もう死語なのかもしれない。時代の価値観が勢いよく変わっていく瞬間を、美智子は目撃しているようだった。悪いこともあるが、良くなったこともたくさんあるのだ。


ゴールデンウィーク明けから、子ども食堂にくる子どもたちに、美智子は料理を教えようと考えていた。八百屋のおじちゃんである秋山さんに相談すると「うちの台所を使ってよ」と、快く言ってくれた。週に1回、放課後クラブのように、子どもたちに教えながら一緒に作って、自分たちで作った晩ごはんを食べてもらう。その準備にと、莉里の真似をして買ったピンクのノートにレシピを書き溜めていた。

美智子にできることは、子どもを心配することではなく、彼らの力になることだと

思った。莉里を可愛がりながら、彼女の母親を、美智子は心のどこかで非難していた。

それは直人の浮気を知る以前からだった。

もしも自分が、若くしてシングルマザーになっていたならば。経済的に困窮していたならば。夜中まで働きに出なければならないならば。彼女の境遇を知りもしないで、引っ叩くべき相手は直人なのに、立場が弱そうだからと真っ先に説得に向かった。

「あなたは母として失格だ」と言わんばかりに。

美智子が口に出さずとも、莉里の母親には伝わっていた。

善意に隠れた蔑みは、受けた者にはすぐにわかる。

子どもたちが料理を作れるようになれば、きっと将来の具体的な支えになるだろう。

どんな環境でも、自分でごはんが作れたら、人はどこでも生きていける。自分のお弁当を作ることも、大好きな母親と一緒に台所に立つこともできるだろう。

美智子がふたりの娘と、数々の料理を作って生きてきたように。

さあ、お家に帰りましょう。

美智子はベンチから立ち上がり、パンパンとふくよかなお尻を払った。

## 5月5日(金)

## 知歌

ずっと履いていなかったスニーカーが、ようやく知歌の踵に馴染んできた。その代わりに、シューズクローゼットにあったヒールはぜんぶ納戸に押し込んだ。つま先も靴擦れも本当はめちゃくちゃ痛かった、ラメの入った黒いピンヒールも。

「お母さんが、どうぞごゆっくり、だって」

メッセージのあとには、♨マークがついている。

大型連休の中日。

母が父を家に呼んだので、ふたりで話す時間を少し分けてもらった。お昼には妹夫婦も揃って、みんなでごはんを食べる予定だ。最近の母親からのメールは、以前のような手紙調ではなく、絵文字が多用される。いくつになっても相変わらずの茶目っ気を、父もきっと愛らしいと思っているのだろう。

小石川植物園を父と並んでふたりで歩く。

汗ばむぐらいの陽気で、畑韮《はたけにら》の花も元気よく咲いている。

知歌の妊娠も5ヶ月目に入り、お腹の膨らみは、薄着になると、隠せないほどになってきた。先月から父の事務所でアルバイトをさせてもらっている。祖母の葬儀があり、なんだかんだ毎日のように父と顔を合わせる生活がはじまった。10歳の頃の自分が知ったらさぞかし羨ましがるだろうと思う。

父と最後にこの植物園を訪れたのは、小学校5年生になる前の春休みだ。あの日、どんな花が咲いていたのか、知歌はなにも覚えていないけれど。

「お父さんに時間をもらったのはね、関戸さんから籍は入れようって言われて……」

父は驚いた顔で「おめでとう」と、言ってくれる。

知歌が連絡をもらったときには、関戸はすでに離婚をし、引っ越しも終わっていた。三軒茶屋に1Rマンションを借り、つぎの脚本の執筆をしていると話してくれた。改めて過去の言動に謝罪があり、今後についての話し合いも重ねてきた。

それでもいま、関戸が愛しているのは、戸鳥青子だということ。

関戸に会うたびに、言葉の行間から、ふとした表情で、知歌はそれを痛いほど思い知らされる。

「でも、わたし断った。もちろん定期的にこの子に会ってもらうけど、まずは認知と養育費だけもらうことになった」

いつの頃からか、他者評価でしか、知歌は自分を満たすことができなくなっていた。劣等感を克服するために弁護士を目指し、さらに深い傷ができた。実力に見合わないプライドを隠すことに必死だった。そんな自分が恥も外聞もなく、子どもだけは産もうと決めた。生まれてくる子どもは、母親の身勝手だと怒るだろうか。

憧れの女優は、あの夜、たしかに知歌の目の前にいた。生身の体温を感じる同じ世界の人間だった。知歌は緊張のあまり、自分の話したことをよく覚えていない。それでも彼女の一言一句は、生涯忘れることはないと思う。

戸鳥青子は、想像以上に美しい人ではあった。そして怒っていた。まいってもいた。あらゆる感情を無視することなく、現在進行形で考え続けて疲れ果てていた。自分のことも、関戸のことも、知歌のことも、さらにはお腹の子どものことも。

自分を取り巻く世界の尊厳を、どうにかして守ろうとする姿に、失礼ながらも、やさしい普通の人なのだなと、思った。

記者会見で彼女は、「取り返し」は、「つく」か「つかない」ではなくて「つけていく」と表現した。なすべきことの答えは、自分たち夫婦の中にみつけると、しなやかに言ってのけたのだ。自らの誇りを問い続ける覚悟が、一般女性Aさんのプライドとは比べ物にもならなかった。

「ねえ、なんでお父さんが、あんな女優さんと知り合いだったの?」

父も母と家庭を作り、人生の過程でそれをリセットすることを選んだ。娘の質問に黙って微笑むだけの父もまた、自らの選択に取り返しをつけている最中なのだろう。

正解がなくとも、最適解はあると信じて。

「お母さんがひかりにさ、法律が夫婦の絆を守ってくれるわけじゃないって言ってたんだよね。親子だって、きっとそうかもなって思った」

知歌とひかりを守ってきたのは、母の愛情であり、父の責任感なのだ。そしてお腹の子は、戸鳥青子のやさしさに守ってもらったのだ。

父はちょっと意外そうに「美智子がそんなことを……」と、ぽつりと言った。

「この子が大きくなったらさ、あの話、お父さんからしてあげてよ」

紋白蝶が、ひらひらと知歌の目の前を通り過ぎていく。5月の風が吹くたびに、緑の匂いが宙を舞う。


昔、ある王国に3人の王子がいた。

ある日、王様は3人の王子に命令する。

北の国境を目指すように。

王子たちはすぐに城を出発し、「辿り着けば、さぞかし立派な褒美をもらえるだろう」と期待した。

幾日も歩き続け、険しい山脈をようやく越えたとき、王様からの使者が現れ、王子たちに伝えた。

「ここで引き返した王子には、死ぬまでに使い切れないほどの財宝を与えよう」

長男は城に戻ることを選び、贅を尽くして一生を暮らした。

北の国境へと進むことを選んだふたりの王子たちの道のりは、ますます険しくなり、目の前には大河が立ちはだかった。

何度も溺れそうになりながら泳いで大河を渡り切ったとき、再び王様の使者が現れ、王子たちに伝えた。

「ここで引き返した王子には、美しい妃と子宝を与えよう」

次男は城に戻ることを選び、美しい妃とたくさんの子どもたちに囲まれて、一生を暮らした。

ひとり残った三男は、恐ろしい獣だらけの樹海を進んだ。

傷を負い、ボロボロの姿で樹海をどうにか抜けたとき、王様の使者が現れ、王子に伝えた。

「ここで引き返した王子には、王位を継承し王国のすべてを与えよう。この先の国境にはなにもなく、二度と使者が現れることもない」

三男の王子は、引き返さずに国境を目指した。

ひたすら砂漠を歩き、北の国境に辿り着いたとき、そこにはなにもなかった。その先にも砂漠が延々と広がっているだけ。

王様からの使者は、二度と現れることはなかった。

王子はひとり満天の星の下で眠りについた。

知歌は「あの話が伝えることはなんだったの?」と、積年の疑問をぶつけてみた。

父は畑韮の花に目を向けたまま、しばらく考え込んでいる。

「引き際が肝心という教訓なのか、何が幸福かは人によって違うという喩え話なのか、見返りなど求めずに進めという説法なのか……いくら考えてもわからないんだよ」

たしかに何度考えても、知歌もわからなかった。

「じゃあなんで、お父さんあのとき、わたしにあの話をしたの？」

父は振り返って知歌を見る。

「正解はわからないけど、３番目の王子はさ、満天の星を見上げながら、きっと歌をくちずさんだんじゃないかと思うんだよ」

どんなときも、歌を知る人でいてほしい。そう思って知歌に話したんだ。

その言葉を聞くのは、２度目だった。

歌を知っていることが人間の宝物だと、ある女性がインタビューに答えていた。

生まれてくるこの子にも、たくさんの歌を聞かせてあげたい。音痴な知歌の歌を、関戸も笑って聴いてくれるだろうか。

知歌は膨らみのあるお腹に、そっと手を置く。

## 5月5日(金)

## 莉里

バターのいい匂いがする。

熱々のフライパンで、あっという間にジューッと黄色い液体に変わっていく。

「卵1個って書いてあるけど、2個入れてみる?」

ママがパンケーキミックスの箱の裏を見ながら、莉里に聞いてくる。

「はじめてだからレシピ通りにやろうよ」

「えー、せっかくなら卵たっぷりの方がおいしそうじゃない?」

ママはちょっとスネたように卵を割った。

昨日の晩に「明日はパンケーキにしよう」と突然言い出したのはママだった。カフェに行くのではなくて、「ママが焼く」と言った。「だってこどもの日は莉里の日だもん」と。ママの恋人がこのところ家に来なくなったから、いつも通りの女だけのこどもの日だ。莉里は布巾を水で湿らせて、フライパンの横に置く。

「何それ？」

卵を入れる前に、フライパンを濡れ布巾に載せて落ち着かせる。錦糸卵を焼くときに、「焦がさないコツだよ」と、子ども食堂のおばちゃんが教えてくれた。

「へ〜。おばあちゃんの知恵袋的なヤツだね」

ママはお玉でパンケーキ液をすくって、フライパンに入れた。しばらくすると、ぷくぷくと蟻の巣みたいな穴が開いてくる。パンケーキから目を離さずに、莉里はずっと聞けなかったことをママに聞いてみる。

「この間さ、ママはおばちゃんとどんな話をしたの？」

あの日、子ども食堂のおばちゃんが家を訪ねてきて、そのままママとふたりで出かけていった。

莉里は作文の続きを後まわしにして、図書館で借りてきた本を読みながら帰りを待った。その本には、８本の足で瓶の蓋を上手に開けるとか、眠っている時に夢を見るとか、「蛸の驚くべき知能」について書かれていて、莉里は夢中でページをめくった。さらに驚いたのは、蛸は気に入った貝殻などで自分の巣の中を飾るという話だった。お雛祭りに「芸術っぽい」と言って、莉里のちぎり絵を飾るママの姿を思い出して、ひとりでおかしくなった。

おかげで電話が鳴っているのにもしばらく気づかず、取ろうとしたら切れてしまった。読書に戻ろうとすると、すぐにまた電話が鳴った。

「……もしもし？」

受話器からは、昼間に会ったモデルスカウトの男の人の声が聞こえた。さっそく仕事が決まったからと一方的に捲《まく》し立てられ、莉里は受話器をスピーカーフォンにしてテーブルの上に置いた。そのまま耳に当てていると、騒音混じりの大きな声に、耳が痛くなりそうだったのだ。莉里がしばらく黙っていると、

「やだなー、ポルノとかじゃないよ？　全然怖くないし」

と、男がハイテンションに言う。約束の時間と待ち合わせ場所の話になったところで、ママが受話器を勢いよく摑んだ。莉里に一瞬だけ目を向けてから、ママは自分の部屋の扉をバタンと閉めた。

しばらくして、受話器を手に莉里の部屋にやってきたママは、ノックもしないで不

機嫌そうな顔をしていた。

「莉里、あんた、なにしてんの？」

「図書館で借りた蛸の本を読んでる」

ママは「そうじゃなくて」と、本を奪い取り、聞いたことのない震えた声になった。

「莉里はそんなにママのことが信じられない？」

質問の意図がわからずにいると、ママの大きな目が潤んでいた。

「莉里にはママがいるんだから、もう二度とあんな誘いに乗っちゃダメだから」

ママが瞬きをするたびに、長いまつ毛の先が宝石みたいにキラキラと光っていた。子ども食堂のおばちゃんの用事はなんだったのか。莉里はその夜すっかり聞きそびれてしまったのだ。生まれて初めて見る母親の涙を、莉里は美しいと思った。


パンケーキがみるみる膨らんできて、甘い香りがキッチンに広がっていく。ママはフライ返しの代わりの木ベラで、端っこをちょんちょんと触った。

「そろそろかな？」

蟻の巣みたいな穴も塞がってきて、そろそろひっくり返すタイミングだ。ママが、「えいっ！」と威勢の良い声を上げる。その割に手もとは不安げで、勢いが足りていなかった。ひっくり返したパンケーキは、半生の部分がべろんとはみ出ていたけど、概ね成功といえるだろう。

「えーっとね、なんだっけ？　あぁ、あのおばちゃん、莉里のことが大好きだって」

ママは「ふふふん」なんて鼻歌をうたって、莉里にお皿を出すようにと食器棚を指さした。

「おばちゃんはそれだけを言いに来たの？」

棚の奥の方にある普段は滅多に使わない大きめの丸いお皿を、莉里は選んだ。

「だってさ、莉里も好きなんでしょ？　あのおばちゃんのこと」

ママの「だってさ」が、どこに繋がったのかわからないけど、ママが嬉しそうなのが、莉里は嬉しい。

「うん。好きだよ。ママはおばちゃんになにを話したの？」

焼き上がったパンケーキを、お皿に載せる。テーブルの上には、チューブのホイップクリームと、苺ジャムも準備してある。

「ママだって、莉里が大好きだって言ってやった」

焼きたてのパンケーキから、いい匂いのする湯気が立っている。

いただきます。

お店みたいにキレイな形にはならなかったけど、歪んだパンケーキは莉里の好きなくらげの形にも見えた。

## 5月5日(金)　ヨウ

柔らかな風が木立を揺らす音を立てている。外苑東通りの街路樹は、若葉がたくましい緑色に変わってきた頃だった。青い空とのコントラストに見惚れながら、ヨウはこのままどこまでも歩いていきたかった。

病院の予約さえなければ。

治療とともに緩和ケアもうまくいって、通院で済んでいるのだから文句は言うまい。自分にそう言い聞かせても、採血のあとの5分が、血を抜かれるよりも苦手だ。待合のソファで、針を抜いた患部を指で押さえているだけの時間。ヨウはいつも目のやり場に困ってしまうのだ。

外来と入院患者に区別なく行われる血液検査には、レンタルパジャマのおじいちゃんもいれば、ジャージ姿の屈強な若者もいる。ピアノのリサイタルかと思うほど粧《めか》し込んだおばさまもいるし、キャラクターのパジャマを着た子どももいる。

いろんな人生があるのだなぁと、ヨウはしみじみとしてしまうのだ。

ぼんやり目を逸らすと、ヨウの前を小さなものが転がっていく。立ち上がって拾おうとすると、さらにもうひとつ転がってくる。

貝殻ボタンだ。

ヨウは手の平に載せ、あたりを見回した。胸もとを押さえて、若い女の子が這いつくばっている。

「これですよね？」

ヨウがボタンを載せた手を差し出すと、彼女が顔をあげた。

「やだ、ごめんなさい！　ちょっと弾け飛んじゃって」

恥ずかしそうにする彼女のまわりには、もうひとつボタンが落ちている。パニックになって、目には入っていないのだ。「取れた」ではなく「弾け飛んだ」のだから無理もない。ヨウは拾い上げて聞いてみた。

「３つでぜんぶですか？」

まだ20代の半ばだろう。いや、もう少し上か。白い頬を赤らめて、彼女はしきりに胸もとを気にしている。

「本当すいません！　もうこのブラウスがすいません！」

ボタンを受け取ろうと手を出したとき、豊満なおっぱいがチラリとのぞいた。まるで海外のコントみたいだ。慌ててブラウスを押さえる姿に、ヨウは悪いと思いながらも笑ってしまう。

「もしよかったら、ソーイングセットを貸しましょうか？」


病棟を出たところのオープンカフェに席を取った。自然光の下だと、ヨウは糸通しも楽にできる。昔は一瞬で通せたのに、さすがに近頃はそうはいかない。

トイレでブラウスを脱いできた彼女は、ソーイングセットから針を持つと、顔をしかめて糸穴を覗いた。不器用そうに糸を通そうとする様子に、「やりましょうか？」と思わず申し出ていた。

彼女はハンカチで額の汗を拭うほど恐縮しながら「せめてものお礼に！」と、ドリンクを買いに並んでくれている。今日は半袖の陽気なのに前をきっちり閉めたスプリングコート。気の毒にその下はブラジャー姿だと思うと、ヨウは早く終わらせてあげたかった。ペパーミントグリーンのブラウスは彼女によく似合っていた。襟もとのボタンからさっそく取り掛かることにする。

「……すごいですね。ソーイングセット持ち歩いてるなんて」

アイスのソイラテを2つ買ってきた女の子は、ストローをヨウのカップにも刺してくれた。

「今日はじめて着たんですよ、これ。もう恥ずかしくて嫌になっちゃう。そんなに安くなかったのに」

ふっくらとした唇を、一生懸命尖らせている。

「こういう生地、ボタンが取れやすいから」

ボタンが取れやすい繊細な生地は、付けるのも難しい。

ヨウはブラウスの身ごろになるべく余裕ができる位置に、さりげなく貝殻ボタンを付け直していった。サイズが合っていないこともあるが、縫製が弱過ぎることも問題だとヨウは思う。

「ずっと服飾の仕事をしてきたから、裁縫は得意なんですよ」

お節介の謎がわかったからか、彼女はふんふんと頷いた。

「だからそんなおしゃれなんですね。スタイルも抜群だし。わたしなんて、昔有名だった力士と同じ名前で、小さい頃から横綱とか、ごっつぁんですとか、クラスの男子に揶揄われて……だから中学から女子校に通ったんです」

思いがけないチャーミングな告白に、ヨウは声をあげて笑ってしまった。

袖振り合うも多生の縁。一生のうち一瞬だけ触れ合う袖に、縁以上に感謝を感じる。病気で仕事を離れ、限られた人にしか会わなくなっていたヨウには、久しぶりに触れる種類の明るさだった。

「かわいいじゃないですか。わたしも小さい頃は、丸々してましたけど」

彼女は「えー本当ですか?」と驚いてみせ、「でもごはんがおいしく食べられて、母に大切に育てられた証と思えばありがたいですよ」と、意外に大人びたことを言った。きっと善良な家族に囲まれて育ったのだろう。彼女の素直さは、周囲の人までを温める。

「もうちょっとだけお時間大丈夫ですか? ついでだから、袖のボタンも付け直したくて」

ライトベージュのスプリングトレンチ。ペパーミントグリーンのブラウスに、青いフレアスカート。白いポシェット。男ウケ抜群のセレクトは、きっと恋人と待ち合わせでもしているのだろう。左薬指に指輪があるので、もしかしたら旦那さんかもしれない。

「お願いします！　わたしお裁縫、全然できなくて。お料理とお掃除は結構やるんですけど……赤ちゃんが生まれるまでに、産着ぐらい縫えるように練習しようかな」

いいえ、姉の子なんですけど、と恥ずかしそうに笑う顔を見て、ヨウは思う。まだ若くても、人知れぬ悩みはあるのかもしれない。血液検査をしていたのだから、からだに不安があるのかもしれない。人は見かけじゃわからないのだ。思えば年齢も性別も属性も、生きる本質に比べたら、取るに足りない要素なのだ。それぞれが懸命に生きているとと知れば、気にする必要などないのだ。それは長い歴史の中で、人類が時間をかけて手にしてきた自由だと、ヨウは思う。

得意料理は？　手抜きレシピは？　おすすめのショップは？　あれこれ他愛もない会話をするうちに、ボタンをぜんぶ付け終わる。

「なんか、こんなもので悪いんですけど……」

ポシェットの中から、彼女は小さなラッピングバッグを出した。

母親に買ったものですけど、また今度あげるので、よかったらどうぞ、と。

ヨウは「海老で鯛を釣るようで悪い」と一度は断ったが、遠慮なく受け取ることにした。この人生で一瞬でも袖が触れた彼女の気持ちを、ちゃんと受け止めたかった。せめて名前を聞こうかと迷っているうちに、彼女はお礼を言ってトイレへと着替えに走っていった。

グレーのリボンの付いている小さな紙袋を開けてみると、1本のリップスティックが入っていた。

「いい色……」

ちょっぴり枯れた赤。ほどよいツヤ感が色っぽい。

人生を戦ってきた大人の女だけに似合う色。

神様からのギフトのように思える口紅を、ヨウは唇にうっすらとのせてみた。

## 5月5日(金)　ひかり

まさかトイレでブラジャー姿になるなんて。

大学病院内の個室には、全身が映るほどの大きな鏡があった。ひかりは鏡の中の自分に声をかける。胸もお腹も、ぽっちゃりが復活してきているが、悪くはない。

なんていっても、大切に育てられたからだですから。

わずか半年の間に、17kg痩せて、14kg太った。というより戻った。

ストレス性の摂食障害は、適切な診療を受けないと長引く。母親と姉から強く説得され、家の近くの専門外来を受診し、先月から通い出している。身長１５５㎝でこれだけ体重が変動したのは、さすがに異常だったのだ。

拒食も過食も、ひかりの場合は強い不安が原因なのだと、自覚できたことが大きかった。最近は食欲の波もだいぶ落ち着いてきたと、実感できるのが嬉しい。

ペパーミントグリーンのブラウスを着ると、さっきまでよりも着心地がいい。知らない人に、まさかボタンを付け直してもらうとは思ってなかったが、今日はどうしてもこのブラウスで出かけたかった。

病院から大急ぎで信濃町駅に走ると、直人がスマホを片手に立っていた。

「からだ、大丈夫だって？」

「うん、問題ないみたい。今日はカウンセリングと血液検査だけだった」

直人は決まりが悪そうな表情で「なら良かった」と呟く。ひかりは、直人の脇腹を軽く突っついて言う。

「えらいじゃん！　ちゃんとひとりで起きれたなんて」

「俺、５分前から待ってたから」

浮気相手を訴えることを母親に止められた翌日、ひかりは胸の内を夫にぶちまけた。馬乗りはせずに、ベッドに横になる直人を後ろから抱きしめて、言いたかったことも、聞きたかったことも、どちらも全部吐き出した。

長い沈黙を続けた直人は「わかった」とだけ言って、そのまま寝てしまった。なにが「わかった」のか不明だが、それ以来ちょっとずつ会話が増えている。「別に」と答えることが少なくなって、直人が前より笑ってくれるのが、ひかりは手応えを感じていた。

「やっぱ緊張すんだよなぁ、ひかりの家族に会うの」

今日はこれから、ひかりの実家に行く。家出中のお父さんも、シンママになるおねいちゃんも、みんなで昼ごはんを食べる予定だ。

「わたしが隣にいるから大丈夫だよ」

バカな女なのかもしれない。

一緒にいて楽しい人、気が楽な人、安心できる人なら、たくさんいる。だけどどんなときでも、隣にいることが嬉しいと思う人は、この世界に直人しかいないのだ。不機嫌な態度にやるせないときも、手を繋いで眠るときも、その嬉しさは困ったことに変わらないのだ。それがバカな女なら、ひかりはもう仕方がないと思った。

ごはんを作って待っている母親は、「家族の重大ニュースの発表」があると言っていた。心配をかけたお詫びに渡そうと買ったリップは、さっきボタンを付けてくれた親切な人にあげてしまったけれど。

その人は「やりましょうか?」とひかりに代わって、ボタンを付け直してくれた。知らない人に脱いだ服を渡すのは気が引けたし、なにより恥ずかしかった。しかし気がつけば、その人の魅力的な雰囲気にひかりは惹き込まれていたのだ。

「ボタンを付けるのがお上手ですね」

最初は緊張でなにを喋っていいかわからず、ひかりは見たまんまを口にした。「ずっと服飾の仕事をしてきたから」と言っていた通り、職人みたいな早技だった。指先で残っていた糸をするすると丁寧に取り除き、手際良く小さな貝殻ボタンを付け直していく。左薬指のプラチナリングが、太陽を浴びてきらりと光る。

「歳だから、明るいところじゃないと細かいものが見えなくて」

年齢が完全に不詳。黒縁のおしゃれな眼鏡は、老眼鏡には見えなかった。丸顔の母親がかけるそれとは、似合い方がまったく違っていた。

「晴れた日にぴったりのブラウスだから、今日みたいな天気に着ないのはもったいない」と、ファッションの神のようなことを言う。

少し掠れた声で、その人は自分のことを「わたし」と言った。手入れの行き届いた指先のネイル。白いロング丈のシャツには、丁寧にアイロンがかかっていた。

この人は男性だけど、きっと女の人だろう。

「どうしたら、そんなに素敵になれるんですか？」

　独特な空気感がカッコよくて、ひかりは要らぬことまで喋ってしまう。その人は針を持った手を止めて、ずいぶんと驚いた表情をした。

「……素敵かどうかはわからないけど、素敵になれたらとは思ってきましたね」

　すぐには意味がわからなくて「どういうことですか？」とひかりが尋ねる。

「おしゃれになりたいとか、信頼される仕事ができるようになりたいとか、やさしい人になりたいとか、人はそれぞれありますよね？」

　ひかりは目を逸らさずに、うんうんと頷く。「なりたいと思えたなら、あきらめるのは勿体ないじゃないですか」

　その人の言葉が、占い師みたいにストンと心に入ってきた。

　どうしたら愛してもらえるか。そんなことばかりを考えていた。顔色をうかがって、満たして欲しくて自暴自棄になって。どんどん自分を嫌いになって。

「思うようにはなれなかったことの方が多いですけど、本気でなりたいと生きていれば、近づいても遠ざかることはないんじゃないかな」

　ま、わたしなんて大したことないです。そう信じたいだけですと、ちょっと照れたように笑った。

ひかりは「これだ」と思った。

好きだと思える自分になればいい。自分で好きだと思えないのに、隣にいる人には愛してもらおうなんて矛盾している。相手の愛情に不安になる前に、わたしが信じられるわたしでいること。それでも裏切られるなら、自分の愛に悔いはない。

ボタンの付いたブラウスを受け取って、ひかりが何度もお礼を伝えると、ファッションの神で占い師みたいな素敵な人は、「こちらこそ」と嬉しそうに笑ってくれた。

偶然出会えた幸運にひかりは背中を押されるようにして、直人の手を握って総武線に乗り込む。

走り出した電車が赤坂トンネルを抜けると、あたらしい光が飛び込んできた。

この作品は二〇二一年六月〜七月にＡｐｐｌｅより電子書籍として
三回に分け先行配信されたものを加筆修正した文庫オリジナルです。
ＪＡＳＲＡＣ　出　２１０３７８８-４０５

# 試着室で思い出したら、本気の恋だと思う。

尾形真理子

可愛い服を買ったとき、
一番に見せたい人は誰ですか？

年下に片思いする文系女子、不倫に悩む美容マニア、元彼の披露宴スピーチを頼まれた化粧品会社のデザイナー……。恋愛下手な彼女たちが訪れるのは、路地裏のセレクトショップ。不思議な魅力のオーナーと一緒に自分を変える運命の一着を探すうちに、誰もが強がりや諦めを捨て素直な気持ちと向き合っていく。

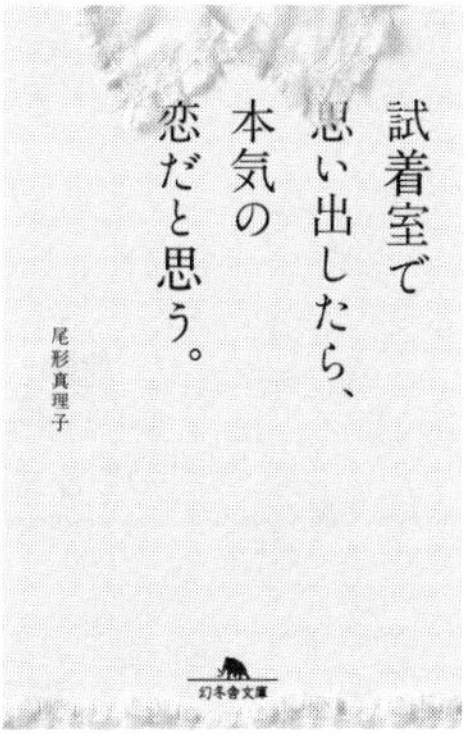

# 隣人《りんじん》の愛《あい》を知《し》れ

尾形《おがた》真理子《まりこ》

令和3年9月10日　初版発行
令和6年6月25日　5版発行

発行人――石原正康
編集人――高部真人
発行所――株式会社幻冬舎
〒151-0051東京都渋谷区千駄ヶ谷4-9-7
電話　03(5411)6222(営業)
　　　03(5411)6211(編集)
公式HP　https://www.gentosha.co.jp/
印刷・製本―株式会社　光邦
装丁者――高橋雅之



幻冬舎文庫

ISBN978-4-344-43126-3　C0193　お-40-2

この本に関するご意見・ご感想は、下記アンケートフォームからお寄せください。
https://www.gentosha.co.jp/e/